U0072308

從傾城到黃昏

給未來的你

培養青少年敘事力

主編◎林黛嫚

給未來的你
培養抒情力、敘事力、洞察力

◎林黛嫚、須文蔚

談千禧年的問題，感覺好像才是昨天的事，結果，二十世紀過去了，二十一世紀第一個十年也過完了，時間走得比我們想像得快，未來永遠在我們前頭，我們始終伴隨著時間的腳步在追趕未來，正因為如此，了解未來是什麼樣貌，就成了趨勢專家、科學家、社會學家不能停歇的任務。

不管未來是什麼樣子，當未來成為現在，我們只需要問問自己，你準備好了嗎？台灣推動教育改革這些年來，一直努力讓學生培養追求知識的能力，這件事很多國家都在做，而且教改重點已經由知識導向轉為能力導向，由注重如何輸入知識轉向如何活用知識，也就是學習如何學習的能力、學習文化表達的能力、學習洞察事物真相的能力，而這些條件正是讓我們的下一代面對未來的能力。

我們企畫這一套書，主要就是藉由閱讀文學作品，讓國家的主人翁儲備未來必須擁有的能力。

首先未來的人才需要抒情力，抒情力是了解自己的感受，也能體察他人的情感，熟悉人與人的巧妙互動，以及在細微事物間發覺意義與目的的能力。知道如何抒發自己的感情，也才能產生同理心去理解別人的感受。

其次，世界愈來愈接近，未來人與人的互動方式雖然在改變，卻也更加密切，我們經常需要和別人溝通，但現代人主觀力強，想要說服別人，只提出論證是不夠的，要用迷人的故事來打動人，告訴對方為什麼一加一等於二，不如編一個一加一等於二的故事，所以我們需要敘事力。

最後，未來的世界需要更多的狂想與創意，而我們的教育一直壓抑想像力的運作，以至於我們嫻熟於課本上的知識，卻缺乏對自我、自然和社會的洞察力。未來需要的人才要先能掙脫傳統的框架，憑藉的就是特殊的洞察能力。

四十多位作家，四十多篇優美的文章，告訴你如何培養抒情力、敘事力、洞察力，未來在等待著你，擁有這些能力，你就是未來的人才。讓我們一起開展學習的閱讀之旅吧。

編者序

你的故事，我的人生

林黛嫚

隨著科技發展，世界愈來愈接近，未來人與人的互動方式雖然在改變，卻也更加密切，我們經常會需要和別人溝通，但現代人主觀力強，想要說服別人，只有提出論證是不夠的，要用迷人的故事來打動人，告訴對方為什麼一加一等於二，不如編一個故事，讓他從故事中得到一加一等於二的道理，所以我們需要敘事力，能夠把自己的想法準確表達的能力。

這十五篇文章說了十五個精采的故事，有的告訴我們一些平凡與不平凡人生，關鍵都在自己的選擇，譬如：

美國第一夫人這個頭銜本身就不平凡，既然是總統夫人就只是總統身邊陪襯的綠葉，而且重要性會隨著時間漸逝而消滅，但是甘迺迪總統的夫人賈桂琳不一樣，她活出自己的人生，平路透過賈桂琳的故事告訴我們，讓賈桂琳不平凡的並不是總統夫人的頭銜，當我們可以選擇時，就勇敢去追求吧；又如〈討海人〉，海洋沒有門，敞開著放任人來來去去，討海人的工作又辛苦又危險，這是討海人自己的選擇，他們無怨無悔；〈梭羅河畔〉是印尼外勞和被她照顧的老人之間感人的故事，對於台灣愈來愈多的外勞、外籍看護、新住民，他們既然來了，不管時間長短，總是和我們的土地發生了關聯，營造一個對外來者友善的空間，才能使越趨複雜的社會和諧圓滿，何況像阿尼那樣善良忠誠的外來者，是值得懷念的。

有的篇章告訴我們看待尋常事物，可以有不同的觀點，譬如：在我們的人生中，參加比賽的目的是什麼？得獎，拿獎金，獎盃或獎牌？有時候參加比賽的過程比結果還值得珍惜，小野以女兒參加寫生比賽的經驗告訴我們，過了若干年，他可能只會記得女兒滿足地舔著棉花糖的模樣，至於那個生鏽的獎杯一點都不重要；對亞熱帶的台灣人來說，雪是陌生的，尤其是大雪，黃雅歆的〈大雪〉既寫出對大雪深刻、細膩的觀察，更讓我們知道，假使因為大雪冰封，萬事被迫停頓，那種安靜將是心靈最好的清潔劑；王盛弘對於大陸人的口舌便給嘆為觀止，但是自認不善辯的他也有自己的觀察心得，就是台灣人也可能看似氣質文雅，實則「要嘛他們一言不發，要嘛就是有了九成的把握」。

還有幾篇雖是私房經驗，卻寫出很多人的共同心聲，譬如，林文月的〈迷園〉，就像我們共同的祕密花園；又如焦桐的〈肉圓〉，或蒸或炸，有香菇或有筍干，不管是哪一種口味，都是我們的家鄉味。

我們經常從別人的故事中，了解如何思考自己的人生，這十五篇文章，不僅提供了十五個故事，更表現了十五個說故事的方式，找出其中的關鍵密碼，你的敘事力也可以一百分！

目錄

目錄

獎杯和廣場的風

小野

女兒很難得的被老師挑選去參加一場全台北市的寫生比賽，她非常在乎的問我說：

「爸，要怎麼樣才會得到獎杯？」

我心裡想，大概只有我自己當評審她才有希望吧。不過我還是回答她了：

「把每一種層次都畫出來比較有希望。」

老婆一旁搭腔說：

「家裡已經有很多獎杯、獎座了，得獎杯幹什麼？」

女兒很不服氣的說：

「那都是爸爸得的，我都沒有得到過。」

老婆又逗她說：

「最近巷子裡新開了一張錦標獎座公司，改天買一個給你玩就是了。」

那天我們陪她到比賽的場地去報到，廣場上已是人山人海，許多父母和老師陪著孩子們坐在階梯上或樹底下開始寫生。廣場的風實在太大了，吹得一些畫紙滿天飛，有些孩子便追著畫紙跑。我看看附近的景色，除了一幢歐洲建築很不諧調的矗立在一些交流道下，我不知道放眼望去有什麼可以畫的，都那麼灰撲撲、髒兮兮的，連山都不青翠了。幾乎有百分之八十以上的孩子都瞄準那幢歐洲建築畫了起來，我就告訴女兒說：

「不要和大家畫一樣的東西，我們再去找一找別的目標。」

在廣場上繞了一陣子，實在想不到有什麼更好的角度，只好在廣場中央找了一塊空地坐下來，攤開畫紙夾在一個很小的畫板上，我指了指四周的環境說：

「也許可以把圓山飯店和交流道上的車子畫進去吧。」

女兒開始用鉛筆打底稿，她的動作很慢，光是畫那一幢歐洲建築就畫了很久，畫了又擦，擦了又畫，我有些著急的說：

「再擦下去就塗不上顏色了，不要太在乎，隨便畫畫嘛。」

時間一分一秒過去，我和老婆輪流替她扶著隨時會飛跑的畫紙，她仍然畫得很慢，似乎很沒有信心。我忽然想到自己讀小學時候的一次全台北市美術比賽，我是學校派出的唯一代表，可是沒有老師和父母陪同，自己一個人到故宮博物院去集合。我向主辦單位領了一張畫紙以後就站在故宮博物院前面茫茫然不知如何動手。印象中也是風很大的天氣，有些學生的帽子都被吹跑了。我好羨慕那些有老師和父母陪同的孩子，他們各自找到了一個滿意的角落，在大人的指導下開始寫生。而我夾著一張畫紙從階梯走了下來，躲在故宮底下蔭涼處休息，我看著那扇故宮的大門和一些階梯，胡亂的開始打草稿，我很不滿意自己的構圖，於是在畫紙上改來改去，最後隨便塗塗便交出去了。看著別人交出來色彩分明構圖完美的作品，我自卑得差一點忘了在畫紙上寫下姓名和學校。直到現在我還記得故宮博物院底下的涼風和那個實在沒有什麼可畫的大門和階梯。

當女兒畫完了一些建築物和樹以後，留下了三分之二以上的空白不知道該怎麼辦，我就臨時起意說：

「得不得獎杯就看這三分之二的空白了，別洩氣，我們來畫一些和別人不一樣的東西。你看，別人畫景物，我們來畫廣場上的那些人。」

女兒有些退縮的說：

「你以為人很好畫呀，我最不會畫人了。」

我反過來問她：

「那怎麼辦？三分之二的空白一定沒希望了，試試看嘛，你看那麼多父母陪著孩子在畫圖，你就畫他們的姿勢啊。」

我不敢動手替她畫，只好離開讓她自己畫，老婆和我就躲在附近樹蔭下休息，遠遠看著女兒坐在廣場中央認真的畫著，老婆問我說：

「怎麼樣？有沒有希望。」

我搖搖頭，指著四周的孩子說：

「有些孩子真的很有畫圖天分，你的女兒只是有興趣而已。」

隔了很久，我忍不住過去看女兒畫的「人」，發現她畫了兩個低頭專心寫生的孩子，覺得很可愛，就大大稱讚她說：

「啊，太棒了，就憑這兩個孩子，你就有希望得獎杯，再繼續畫下去，再畫很多人。」

女兒愈畫愈起勁，廣場上出現了一隻黑白相間的狗，女兒笑著說：

「哈哈，狗，好可愛，我要畫狗。」

我在一旁打氣：

「對，畫狗。你最拿手的就是畫狗。」

女兒很快就畫了一隻狗。不久又有一隻黑白相間的貓出現在廣場，女兒又笑了起來，說要畫貓。於是女兒的圖上開始熱鬧了起來：有坐在地上陪孩子畫圖的媽媽，有牽著孩子走路的爸爸，有玩貓的一群小孩，有追狗的人。

老婆和一群孩子圍著那隻黑白貓在玩，我要那些孩子讓出一個空間給女兒觀察，女兒畫完了貓就對我說：

「爸，我也想和貓玩一下。」

我看看錶說：

「去玩一下吧，時間快到了，你都還沒有塗顏色呢。」

女兒跑去和貓玩在一起了，我只好守在畫紙旁邊等待。身後有一個爸爸在指導著女兒畫那幢歐洲建築，顯然這一對父女都是高手，兩、三下就開始用蠟筆塗色，那個爸爸還忍不住幫忙畫了起來。

老婆問那些來玩貓的小孩們說：

「你們都畫完了嗎？」

那些孩子們笑了起來，齊聲回答：

「爸爸、媽媽在畫，我們來玩耍。」

我也忍不住笑了，仔細再觀察一下，果然有些父母乾脆躲在樹後面開始替孩子寫生起來。

女兒玩貓回來便開始用粉彩塗顏色，粉彩很容易被抹髒，於是老婆和我便拿著一張描圖紙替她墊著手，並且隨時用手帕為她擦手。由於她畫了太多的人，所以塗起來很麻煩，眼看時間快到了，老婆和我就一人拿一張衛生紙替她把剩下的廣場亂塗抹一把，在最後一刻勉強畫滿了一張紙。我用一張描圖紙把這幅粉彩畫蒙了起來，陪著女兒去交給那些頭戴船形帽的獅友，看著他把女兒的作品投入一個大箱子裡。只見另一位媽媽一手拿著畫，一手拉著一個小孩走來，小孩口裡嘀咕著：

「反正也比不到嘛。」

穿過地下道去搭車時，女兒買了一根棉花糖一路很開心的舔著，老婆偷偷的問我說：

「你看，行嗎？」

我毫不猶豫的回答說：

「回家查一下是那一天頒獎，我得預先留下時間好陪女兒去領獎杯呀。」

老婆笑了，就說：

「運氣來了也許擋不住呢，你看女兒的鼻頭最近亮亮的，要發了呢。」

我看了一眼女兒的鼻頭，上面正沾著一團粉紅的棉花糖像小丑一樣，忍不住笑了。有一天，當我老去，可能永遠會記得這一天廣場上的大風和女兒鼻頭的棉花糖，誰會在乎那個會生鏽的獎杯呢？

——選自《豌豆家族》（皇冠，1993）

賞析

女兒想在寫生比賽中得獎，家中雖然已經有許多獎杯、獎座了，但和每個小孩一樣，女兒想要擁有自己得來的榮譽。

本文透過描寫一次寫生比賽，表現出現代人的親子關係，可能是一人比賽，全家出動；也可能是爸媽代畫，小孩去玩耍。作者擅長用對照的方式，讓讀者發現時代不同、角色不同的趣味，譬如說，廣場的風很大，吹得畫紙到處飛，這是女兒比賽的廣場，作者小時候也參加過寫生比賽，廣場的風也很大，學生的帽子都被吹跑了；又如，父女兩次寫生的場所都是實在沒有什麼可以畫的大門和階梯；還有，作者自己比賽時一點也不在意名次，現在因為女兒想得獎，也只好跟著在意。

獎杯和廣場的風看似完全風馬牛不相及的事物，但在作者筆下，卻巧妙地聯結出家庭和樂的親子情感。作者的結論是，當他老了，想起這一天，他只會記得廣場的風和女兒滿足地舔著棉花糖的模樣，沒有人會記得生鏽的獎杯，甚至有沒有獎杯都不重要了。

想一想

1 作者描寫父母望子成龍的心情，在文章中那些地方表現出來？找找看。

2 你身邊有沒有不相干的兩項物品，卻可以用來聯結成一個故事，譬如咖啡杯和出國旅行，想想看。

我的宗教我的廟

隱地

和老朋友聊天，總會憶起往事，述及老友，最容易掛在嘴邊的一句話：他變了！

何止是他變了？其實，我們每一個人在時光老爺的敲打下都變了。大多數人變得固執怪異，也有人變得比年輕時更容易動氣，看誰都不順眼，逐漸變成一個時時罵著別人的人。不自知也不制止。逐年累月，在別人眼裡的我們，結論也就

走了樣。

我自己這幾年也在變，最大的改變是從喜歡旅遊，變成一點也不想出國，甚至出去逛逛街，沒走多遠就想回家了，一種老孩子走不遠的感覺油然而生。人顯然是一種會隨著年紀而改變的動物。年輕時的夢想，到了老年會生出令自己一驚的改變。

為什麼突然不喜歡出國了？

我想還是因為年紀。

年輕人適應力強，沒有自己固定的生活習慣，吃東西也不講究一定的口味，走到哪裡，玩到哪裡，真是隨遇而安。年紀大了，就不是這樣了，我這幾年，逐漸養成了自己的生活作息時間，也就是說習慣過屬於自己的生活——清晨五點一刻至五點半，必定自然醒來，半小時的室內和室外體操，室內我做的是伏地挺身、仰臥起坐、跳躍以及蹲式練腿，室外我做深呼吸、甩手以及不停仰望天空，設法把自己的身拉長拉直。六點鐘，報紙總是準時到達，一小時的閱讀，我已大略知道天下事，當然，最用心讀的還是副刊上的詩、文和小說。幸虧還有文學作品，讓我感覺心靈充實。如果只讀新聞和社會報導，我做過體操的身體會突然像患了軟骨症，我不喜歡自己的腰彎下去：挺直地往前走，一個人總要先學會挺直腰桿走路，對自己才會產生百分之百的信心。

七點整，我漱洗身體，然後用吹風機把裸著的自己全身上下吹個夠；有一次一群朋友到淡水汪其楣教授家做客。她說了一句話讓我印象深刻：「保持乾燥，細菌就上不了身。」所以洗過臉的毛巾、擦過身體的浴巾，她全要拿到太陽下晒。回家後，我將她的理論加以發揮。每回泡洗完澡，從頭到腳，不管毛髮或皮膚，每一部分都吹乾，連接著要穿上身的內衣褲，也從裡到外，從外到裡再吹一遍，吹得全身暖洋洋。等到坐到早餐桌上，這時候真的是一個全新的我——以愉悅的心情煮咖啡、烘麵包——看到前一天為自己準備的全麥麵包，心情總是特別好，吃麵包時，不塗奶油，不塗果醬，通常我喜歡配醃過的罐裝小黃瓜，酸酸甜甜的小黃瓜是我的最愛。有一陣子，女兒從日本回來，帶了幾罐海苔醬，拿來配全麥麵包，也是一絕，可惜很快就斷貨了。不久前，女兒又從德國旅遊歸來，她幫我帶了小黃瓜，還有Deutschl änder德式香腸，當它進入口中，我絕對相信這世界存在著人間仙境，只有仙界才能製造如此美味的食物。

蛋有一百種吃法，對我來說，只要有蛋，早餐就充滿活力，如果某一天時間充裕，我也會煮一道較為費力的杏力蛋——把洋蔥、蘑菇和番茄切成丁，再加一些培根或火腿，做成一個蛋包——啊，有這樣美味的早餐，當然，迎接我的必定是快樂的一天！

家人並不像我一樣對吃早餐這麼有興趣，通常我一面吃一面喊三個孩子起床，而我的太太，這時通常在樓下廚房榨果汁，她只對水果有興趣——我不行，不能只吃些水果就算一頓，三餐都要吃得飽飽的，太太說我，你是小時候餓壞了，所以現在一頓也不肯少。

吃畢早餐，我們上路。搬到內湖之後，通常都由小老三開車送我和他的姊姊上班——如今書品在紐約讀書，改由書湘上陣，書湘個子小，膽子更小，我從來不曾想過，有一天坐著她開的汽車，載我到爾雅上班。偶爾老大也會當我的司機

——也不過十年前吧，我開車，貴真靠我身邊坐，三個小傢伙坐在後座，他們偶有嘻鬧，我總是回過頭去不耐地加以制止：「不要吵！」時過境遷，一轉眼換成孩子們輪流開車，我和貴真改坐後座，如果有一天，我倆老說話的聲音太大，前座開車的孩子會不會突然回頭過來吼我們一聲：「不許吵！」噯，時光，時空交錯總是會有難以想像又滑稽突梯的畫面出現。

文學，一直是我的宗教。將近五十年，我始終信奉文學教。有了爾雅出版社之後，爾雅辦公室也就自然而然地成為我的一座廟。

在我的廟裡，我閱讀、寫作。書送進來，書送出去，自早到晚，印刷廠的老闆，或小弟，裝訂廠的小李，紙廠的收帳員，以及封面設計的堯生，還有貨運行的員工，大家在廟裡進進出出，我們不燒香，不拜佛，只為書服務，我們全是書的朋友，為書而生，為書而活。我們有時也會抱怨愈來愈少人看書了，但最後我們還是繼續聯手做書。把一本本書印出來，從《開放的人生》到《文化苦旅》，從《三更有夢書當枕》到《天光雲影共徘徊》，爾雅創社將近二十六個年頭裡，出版了五百多種書，這批做書的老朋友，你來我往，彼此看著黑髮變白髮，皺紋從額頭行走，如今每個人嘴角的弧度，大概受了地心引力的影響，都在向下彎曲，啊，這種向下沉淪，頗讓我們無可奈何。幸虧在同一座廟久了，我們總是互相打氣、互相取暖，賣紙的繼續賣紙，印刷的繼續印刷，上光的繼續上光，裝訂的繼續裝訂——我們每個人仍然站在自己崗位上，景氣不好，也依舊堅持，畢竟十幾二十年，都是做書的人，你看著我，我看著你，沒有誰發過誓，但我們相信彼此都會繼續碰面，繼續在廟裡春夏秋冬。

只要坐在廟裡我就心安。有時，會和朋友聚餐聊天，有時到外地趕一場座談，然後，總要趕回辦公室——我的廟，即使同仁都回家了，我一個人東轉轉西看看，從地下室的倉庫，摸索到最令我傷心的「回頭書專室」——但也好，至少提醒我，不要隨便出書，書印得少，也是一種公德啊！

在這環保的年代，書真的要少印。書少印些，反而讀到的或然率會多些。書印得越多，賣不出去，有時整車整車送進廢紙廠做紙漿，所為何來？

外面的世界我已走過。趕飛機，等飛機，在城市和城市間旋轉，紅黃白黑棕各色人種，像雲般在眼前飄過，回來後也不過增加一疊照片，不如自在地過自己喜歡的生活，不趕不等是我老年生活的座右銘。舒舒服服地喝一杯自己煮的咖啡，閱讀和聽音樂，人間還有比這些更好的生活嗎？

心安即是幸福，何況我還有一座爾雅廟；每天，我坐在辦公桌上閱讀來自各地的稿件、朋友寄給我的信，這樣的生活是我最喜歡的，不錯，平平安安過日子，比什麼都好，我幹麼還要這兒跑那兒跑。

可是以前到世界各地旅遊，確定是最讓我動心的，也是年輕時候的夢，如今，誰都叫不動我，只想自在地坐下來，有時偶爾還有詩神來敲門，讓我成為一個快樂的寫詩人。

歲月改變了我，使我成為一位詩人。而更大的快樂在於我的不變——愛看電影的心不變。只要有好的文學電影，總是不願錯過。電影是我的大學，透過電影，我終生學習：學習面對新的世界，學習一波波衝擊而來的新思潮。不能走萬里路，總要讀萬卷書。不能讀萬卷書，就要走進電影院。觀看世界上所有第一流導演的新作品。好的藝術電影一定會帶給我們新的人生啟示。

我在廟裡工作、閱讀，我也走出我的廟，到電影院取經。生活是一面網，在人世走一趟當然要曉得自己應逃避什麼，尋找什麼，追求什麼。

生命短暫，在活著的日子裡，做一些自己夢想著的事，也享受一些優閒和從容。面對日新月異天天革命著的世界，人類最大的災難其實並不是核彈等一些恐怖的發明，而是過於快速的所謂高科技「文明改變」，使得我不知如何適應，形成一種恐慌的心理和精神災難。人活在世界上，我最欣賞的狀態是慢，在慢節奏中和世界共舞、享受生命。以中國人來講，五千年的歷史文化啊，夠我們慢慢咀嚼和回味的了。而當下許多發明都是快速地閃過，一瞬間就過去了，像放煙火，美則美矣，最後只剩下黑暗的天空。原先做人的那重成就感愈來愈沒有了。我始終認為，人類繁華文明其實是條拋物線，拋得愈高，掉得愈快。我總祈禱：讓繁華慢慢的來，繁華才會慢慢地走……

就說書吧，我覺得燈下讀書，再聽一點古典音樂，實在是作為一個人最大的快樂，最高境界的享受。書是人類發明最寶貴的文化遺產，現在我們還能夠讀它、翻閱它、觸摸它，其實是讓歷史和生命的記憶長久地保留下去，至少在我們這一代要保留下來。書不僅是知識的寶庫，更是一種人類文明的紀念。單就知識的獲求，書也有它特殊的作用。網路上的知識、螢光幕上的知識，太容易獲得，你就不會覺得它的可貴，也消化不良。不管網上或螢光幕上，它總是動的，不易捉摸，和書中那種一筆一畫地尋尋覓覓是不一樣的。也就是說，寫書、讀書是在比境界的一種高，講來講去，我還是認為書是人類最大的寶貝，是上天賜給我們的最好禮物。我們對它若不珍惜、不挽留，這將是人類最大的創傷和悲哀。

——選自《我的宗教我的廟》（爾雅，2001）

題目乍看很偉大，歷史課本中寫過宗教戰爭，影響很多人，包括國王和平民的命運，不過這裡的宗教卻指的是一種生活方式，廟，指的是一個安身立命的地方。文學是作者的宗教，出版文學書的辦公室就是作者的廟。

作者娓娓道來他建立自己的宗教、自己的廟的心路歷程，從時空交錯的改變說起，不再喜歡到處遊歷，而習慣早起、沐浴、做早餐的固定生活；從前作者開車，小孩坐後座嘻鬧，後來變成孩子輪流開車，兩老坐後座；從前老在城市和城市轉悠，現在不趕不等成為老年生活的座右銘。有趣的是，如果哪天老先生老太太說話聲音太大，前座開車的孩子會不會回頭吼一句：「不許吵！」這段敘述，把被時間改變的美好，巧妙地展露無遺。

本文書寫一種態度，深奧的人生哲學在作者筆下化為簡單的生活方式，像是，出版人的堅持，繼續在廟裡度過春夏秋冬；像是，在慢節奏中和世界共舞、享受生命，這些體驗與滋味，說來容易，卻是時間淘洗過的菁華。

自在地過自己喜歡的生活，我們都會找到自己的宗教，自己的廟。

想一想

1 作者細數了他人生中的變與不變，這種事每個階段都有，你也數數看你自己生活中的變與不變吧。

2 學習作者，建立自己的宗教自己的廟，還要記得寫下來，讓時間去檢驗。

從傾城到黃昏

平路

賈桂琳．甘迺迪．歐納西斯的葬禮已經舉行過好長時間了。我還是忍不住把時鐘倒轉回來，為您再說一說——您可能覺得有一點黑色的——我的看法。

站在女性自身的角度，我的假設是：絢爛過後，悲劇過後，風風雨雨過後，到了最後一些年，賈姬才算是自我實現，成為想做的那個自己。她的自我實現包括勝任愉快的工作，當出版社編輯，約到了好書就讓她心滿意足。而她始終最愛讀書，正像她的兒子小約翰．甘迺迪在母親過世後步出公寓，哀傷中猶帶安慰地告訴外面的人群，她母親，是在親友及心愛的藏書環繞中安息。

假定您同意我這基本假設，那麼，為了凸顯這個令人滿意的結局，必然的推論是：為了成就一位這麼自足的女性，無論過程多殘忍，命運畢竟站在她的這一邊。

我們難以想像，如果甘迺迪未被刺殺，慘劇不曾發生，就算後來連選得連任，一連當兩任總統，一旦離開白宮，甘迺迪會不會像福特、卡特、雷根、布希一樣，變成除了寫回憶錄之外，無所事事的前任總統？而那幾個更加無所事事的前任第一夫人，她們即使勉強找到了獻身的目標，往往只是花瓶的象徵，並不需要站出來做事，即使站出來，依然站在先生的陰影之下。我們真的想不起來，除了偶爾陪著丈夫出國訪問之類的閒差事，卡特夫人、福特夫人、布希夫人最近做了些什麼？其中最乏善可陳的，當然是那位嬌滴滴小鳥依人的南茜・雷根。

更難以想像地，如果甘迺迪沒被刺殺，一路活了下來，賈姬還要作賢妻狀，時時替丈夫不斷傳出的緋聞找各種說詞，直到耗盡了耐性，又很難毅然決然地離婚。那種日子對賈姬，其實沒什麼出路。

再說甘迺迪長眠之後，接下去，賈姬若沒有做出當時人們不以為然的決定：在百無聊賴的情況下嫁給希臘船王歐納西斯，她後來在經濟上不會有安全感（對一位單親家庭的母親，安全感何其重要！）。當她第二次成為寡婦，雖然人們議論紛紛，雖然遺產官司為她帶來許多煩惱，但無論如何，添加了兩千萬美金在名下，從此她不虞用度，至少經濟上完全自主。

人過中年，命運才有些峰迴路轉的巧妙安排：她孀居回到紐約，正因為錢產需要經營，賈姬碰到了那位理財能手譚普斯曼。這位與她同年齡的猶太裔紳士除了陪伴她，且跟她一樣喜歡知識，與她的品味相得益彰，最理想的……其實，更在於他沒可能真的娶她！譚普斯曼有一位篤信猶太教的妻子，絕不肯簽字離婚。所以，這段黃昏之戀給了賈姬許多快樂，卻不必給她任何約束。事實上賈姬自在地游走於幾個不同的身分之間：除了參加與出版書籍或保存古蹟有關的文化活動，甘家的聚會中又開始常常見到她，以甘迺迪總統為名的各種場合少不了她的參與，她也有機會表達與實踐如何紀念亡夫才更具意義的理念。

對賈姬來說，尤其比什麼都重要的，從一九七五年到過世，將近二十年的時間，默默地在工作領域建立自己的聲譽。而她死後，我們聽見出版界的同事真摯地懷念她，與她合作過的人們欽敬她的博學、她的幽默。在賈姬小小的辦公室裡，人們回憶她常常以胡蘿蔔條、芹菜條作為午餐，草草果腹。像每一位工作同仁一樣，她毫無架子自己去沖咖啡；忙的時候，自己複印文稿；例行會議裡，她要提出詳細的心得報告；與作者討論的時候，她在本子上寫滿密密麻麻的札記。

愛書的人且又做到了編書的人，第一夫人的日子遠了，豪門貴婦的日子遠了，回到書的範疇，這才是她自己給自己最終的定位。

葬禮上，她的兒子小約翰甘迺迪悼念母親，特別追憶起母親的三件最寶貴的特質：與家人緊密相連是其一，另外就是對文字的珍愛與冒險的精神。而她終於實現了自己，成為一分耕耘、一分收穫的職業女性，在自己最喜歡的行業贏得敬重。不能不反過來歸功於她人生路途上的坎坷遭遇。

小說《傾城之戀》裡，張愛玲曾用冷雋的文字寫著「誰知道什麼是因？什麼是果？誰知道呢？」

按照《傾城之戀》的句法，某一種黑色的結論就是：「也許因為要成全她，幾個男人早早歿去了……」

張愛玲說，傳奇裡傾國傾城的人大抵如此。

確實，賈桂琳．甘迺迪．歐納西斯怎麼說都是美得傾國傾城的女人！

——選自《女人權力》（聯合文學，1998）

賞析

把女人的美貌用傾國傾城來形容，文詞本身就有一個女子美豔而致傾覆城國的故事，希臘神話裡的特洛依戰爭為了美女海倫而啟動，中國古代紂王與妲己、晉獻公和驪姬，說的也是相同的故事，但是本文作者並不是要歌頌美麗的女人如何傾城傾國，而是期待每一位女性都能實現自我，過自己想過的人生。

美國總統甘迺迪的遺孀賈桂琳，本來可能會像其他美國第一夫人一樣，除了陪總統丈夫出國訪問之外，在世人心目中留下的印象就只是某某第一夫人，但是賈桂琳在命運巧妙安排下成為寡婦，然後嫁給希臘船王，又和志趣相投的理財能手譚普斯曼發生美妙的黃昏之戀，更重要的是，賈桂琳在她過世前二十年，默默在自己的工作領域建立聲譽，當她過世之後，大家記得的賈桂琳，不只是甘迺迪總統、船王的遺孀，而是藍燈出版社的編輯，一個愛書又編書的人。

誰知道什麼是因，什麼是果？當我們可以選擇時，就勇敢去追求吧。作者說的是一個簡單的道理，不過，我們卻從作者說的這個賈桂琳的故事中，看到平凡與不平凡。

想一想

1 賈桂琳的人生是命運的安排，還是自己的選擇？作者要告訴我們的，是哪一個答案？

2 你覺得只有女人才需要在自己最喜歡的行業裡得到尊重嗎？只有女人自我實現才值得讚美嗎？那麼男人呢？

天橋上的魔術師

吳明益

我的攤位對面是一個頭髮油油，穿翻領夾克、灰長褲，套著中間沒有拉鏈、也沒綁上鞋帶的傘兵鞋的男人擺的攤子。傘兵鞋是有很多鞋帶孔的長筒靴，那樣的長筒靴要綁鞋帶是世界上最麻煩的事了。後來有人發明了一種綁在鞋帶位置的拉鏈，聽說造福了全國的官兵，日後早上起床的時候阿兵哥的動作快多了。我家那時每天都至少有十個阿兵哥來買傘兵鞋的拉鏈，我想說不定明天也可以叫我媽給我一些傘兵鞋拉鏈賣，銷路一定不錯。

男人用粉筆在地上畫了一個圓弧形，打開黑色的布，把他賣的東西一樣一樣擺出來。一開始我不知道他賣什麼樣的東西，有撲克牌啦、鐵環啦、奇怪的簿子啦……我姊說他是賣魔術道具的人，我的天哪，賣魔術道具的人！我的攤位在一個賣魔術道具的人的對面！

「不是，我是魔術師。」男人自己這樣宣稱。有一天我問他東西是哪裡批來賣的時候，他說，「這些魔術都是真的。」他用那雙分得很開，好像可以看不同地方似的、蜥蜴一樣的眼睛看著我，讓我打了一個哆嗦。

魔術師沒有像電視上的魔術師一樣穿著燕尾服，也沒有高帽子，每天就只是穿著翻領毛夾克，灰色長褲，和髒兮兮的傘兵鞋，我想下次可以跟他推銷立可擦鞋油，一擦就亮晶晶。他的臉好像有點方方的又有點長長的，不高也不矮，好像是忘了笑是什麼東西的人。魔術師一走進人群就分不出來哪個是魔術師了，是那樣的一個平凡長相的魔術師。當然，除了那雙眼睛，和那雙沒有拉鏈的傘兵鞋。

魔術師大概一小時會表演一次魔術，真是太幸運了啊，我坐在魔術師對面賣鞋墊。他最常變的是骰子、撲克牌、九連環這類戲法，現在想想實在太平常了，平常到沒有資格稱為魔術師。但當時對我來說簡直是不得了的奇蹟，就好像後來我第一次看到費雯麗的感覺吧，我因此渴望擁有那些魔術道具，就好像我一直想養一隻麻雀。

有一次魔術師用六顆骰子變魔術，在許多觀眾包圍下，他神情輕鬆地將骰子一顆一顆裝進去一個小小盒子裡頭，關上小綠盒子後，一甩，魔術師露出像是只為表演魔術才露出的微笑，盒子一開就變成六六六六六六。

那數字似乎可以任由魔術師控制，比方說他會問看熱鬧的觀眾生日，然後若無其事地在講話中甩出觀眾的生日號碼。他有的時候甩一下，有時甩非常多下，多到我快要頭昏了才停下來，打開盒子，那數字總是準確無誤。

魔術師在變魔術的時候眼睛發亮，他仍然是穿著翻領毛夾克，灰色長褲和骯髒傘兵鞋的魔術師，但那一刻他整個人會發亮，好像他能吸進空氣，然後把光和重力全部凝聚在他站的那個小小粉筆圈裡頭。他一面表演一面賣魔術道具，有一回我終於忍不住誘惑挪用賣鞋墊的錢去買魔術道具，第一個買的就是「神奇骰子」。

跟魔術師買道具以後，他會把你拉到旁邊，給你一張空白的紙和魔術道具。

他說：「拿回去泡了水以後晾乾，你就會看到魔術的祕密。」我偷偷摸摸地在半夜泡那張紙，然後用媽媽的吹風機把它吹乾，然後偷偷摸摸在半夜練習。紙上不只有字也有圖，看起來像是魔術師一張一張寫上去畫出來的。原來如此，我看著紙上的字，想說原來如此。那時我以為自己已經懂了魔術的奧祕，就好像十一歲暗戀同班同學的時候我誤以為自己已經懂得愛情。

我私下偷偷練習，第一次在我哥面前表演骰子魔術時緊張得要命，骰子掉了好幾次，結果還沒有裝完我哥就看出破綻。他眼帶不屑地說：

「你把要變的那一面放在靠你身體那邊對吧？」

「對。」一直是太沮喪了，他說對了。沒有什麼比魔術在還沒有進行之前就被看穿更讓人傷感的事了，那就像你還沒有長大就被預告了人生一樣，我痛恨算命師跟拆穿別人魔術的人。魔術骰子的關鍵並不在骰子而是在盒子，那是一種特殊形狀的盒子，把要的數字放在靠自己的這邊，靠手腕的力量就可以讓骰子九十度翻轉，那靠這邊的那面就會朝上了。就這樣而已。

「你偷錢我跟媽講。」我哥說。對，我「挪用」了賣鞋墊的錢，而且被我哥發現了，我只好把魔術骰子送給他。

他媽的這個祕密實在太貴了，根本不值六十塊錢啊。我得辛辛苦苦騙我媽一個星期，才能從賣鞋墊的收入裡頭偷到這六十塊。

不過說來奇怪，即使我發現那裡頭沒有魔法，每回一看到魔術師拍手吆喝，我就把那些被欺騙的念頭丟棄了。我不由自主地一次又一次被魔術師的手法吸引，一樣一樣買下在當時我的眼中貴得要命的魔術道具。比方說可以從空火柴盒變出滿滿火柴棒的火柴盒，一翻就會從黑白線條變成彩色的圖畫本，可以畫出像彩虹一樣顏色的原子筆，能夠折彎的神奇銅板……所有的魔術都一樣，在魔術師表演的那一刻，我總有壓抑不住想要學那種魔術的欲望，而一旦花錢買回來，把那張紙泡在水裡等字浮現了以後，魔術就變得不再神奇而是一種騙局。許久以後我才發現，所有的事可能都是一樣的道理。加上疏於練習，那些魔術道具簡直成了我的災難，我總是被家人或鄰居嘲笑。

「憨囝仔予儂錢騙了了。」我媽知道我偷錢去買魔術道具後，給了我一巴掌。

真正令人難受的是，西裝店的臭乳呆、義棟修水電的小孩阿蓋仔、餛飩麵店的阿凱，每個人都買了每一樣道具。被騙錢我一點都不生氣，我相信只是練習得不夠，可是那好像祕密的紙每個人都有，那種感覺真讓人受不了。好幾次我想找魔術師發頓脾氣，但我只敢跟我媽發脾氣鬧彆扭，我媽被我煩得受不了，轉頭再給了我一巴掌。

「錢攏提去買無路用的米件還敢說。」

——選自《天橋上的魔術師》（夏日，2011）

賞析

童年時光好像我們走過的路，在我們人生的每一跨步時，曾經的過往記憶就迴蕩在腦海中，只是我們要如何去解讀這些童年記憶呢？

人來人往的熱鬧天橋每天不斷有許多故事在進行，尤其小時候對複雜的成人世界無法理解，好奇加深許多物事的神祕感，天橋上的魔術師就是一例。雖然這魔術師似假還真，但其中所敘寫的童稚心靈卻十分動人。譬如，文中的他十一歲時暗戀同班同學時還以為自己懂得愛情；又如那小孩最生氣的部分不是被騙錢，而是那祕密的魔術紙每個人都有，最讓他受不了；再來因為沉迷魔術是一個不能說的祕密，於是不能跟魔術師發脾氣，只好跟媽媽鬧彆扭；還有，即使發現裡頭沒有魔法，可是只要魔術師拍手吆喝，就不由自主把被欺騙的想法丟掉了……這些舉動正是童真的趣味。

「沒有什麼比魔術在還沒進行前就被揭穿更讓人傷感了」，作者不要人生的預告，對未來的嚮往與期待正是生命的樂趣之一。

想一想

1 你的童年中有沒有對什麼物事著迷，就像作者一樣毫不保留地相信魔術師，那種沉迷的經驗對你的成長有什麼影響？

2 了解魔術的運作過程後，魔術就不是神奇而是騙局，那麼，作者還一再把被欺騙的念頭丟棄，那是為什麼？

我的貓

楊照

這一段，我一直想寫，但幾次提筆又不忍心寫。因為我好不容易把這事忘得差不多，不會再感到刺痛了，可是我又怕再不寫下來，許多點滴的細節，再也不復記憶了。

我要寫我的貓。我想寫在營裡養過的兩隻貓——小黑和小花。我想盡量寫得簡單一點。小黑是端午節那天在軍官俱樂部後面的垃圾堆裡撿來的，那一日，全營區裡空蕩蕩、冷清清的，我們寢室只有我沒回家，留下來趕寫一些連的戰術資料。小黑剛好來陪我度過孤獨的假日，牠來時身長只有八公分，喝了一點牛奶，右眼不斷冒眼屎，完全睜不開。一整天，牠一直跟著我，只要看不見我就叫，大聲的叫，甚至午睡也是如此。我只好用溫水仔細地給牠洗了個澡，讓牠睡在我棉被上。晚上我看牠的眼睛愈發嚴重了，便騎車出去買金黴素和棉花棒，回來時，大老遠就聽到被關在寢室裡的小黑，大聲的叫喚，小貓特有清亮的叫聲。我知道牠在叫我。我知道。

晚上，我的室友們會陸續歸營。就寢前我只好將小黑送出去，在外面的停車間。原先我好擔心，他們停車時一不小心就把小黑壓死了，還好，牠連擔心的機會都沒給我。牠整整叫了一夜。

我知道有很多人不喜歡貓。第二天早晨，我起得很早，一出去就發現小黑睜著兩隻大眼睛在看我。牠的右眼好了。我連忙告訴我的室友，微微紅著臉撒謊：「我們寢室來了一隻貓。台灣人說：『狗來富，貓來起大厝。』自己跑來的貓代表好運道。」我到那時才真正體會到，原來許多俗諺裡包含了許多好心，對這個大自然流離的生命的一種庇護。

大家同意不趕牠走，把小黑養在停車間，反正我們在軍官餐廳吃飯，每餐總有一道魚，省一點就夠餵牠了。那是端午節後一天，下午上班時，我又在軍官俱樂部後面的水溝裡發現一隻小貓，比小黑略大二、三公分左右，我想牠們是同胎的。我把牠抓回去，跟小黑放在一個鞋盒子裡。大家都下班回來時，我又撒了個謊，我把責任推給小黑，我說另外那隻新來的是被小黑吸引來的。

於是從那時起，我們就有了兩隻貓：小黑和小花。從那時起，我和P君每餐總比別人少吃一道魚。

關於之後許多可愛的小事件，在這幾個月來已被我刻意忘卻了大半。我寧可追憶比較酸楚的部分，例如因為小花和小黑一直沒有養到草地上大小便的習慣，我必須經常提水沖洗停車間，以免招致抗議；例如我們因為用碗盛裝魚肉餵貓，被本部連的伙房兵搶白一陣；例如有一個颱風的日子，門忽然急速地被風吹得呼地一聲關上，以致夾斷了小花一小截尾巴；例如有一天下班回來卻看見伙房班長坐在我們寢室的台階前，倒提小花和小黑的尾巴玩弄，我連忙出聲搶救；例如天氣炎熱時，T君心血來潮給兩隻小貓撒痱子粉，或許是將痱子粉舔食的關係，小花和小黑那幾天頻頻鬧肚子，並使我與T君間有了微微的不愉快……然而，即使回憶這些，仍很難真正排遣心裡的不暢快呵。

我不知道，到現在還不知道，軍人的住所附近、營區裡有了貓狗為什麼會是件丟臉的事。八月底，離小黑小花來只有兩個半月的時間，學校裡要教學示範，有些長官要來，突然就下令捉貓捉狗。聽說是行政處長來檢查軍官餐廳，看見我們寢室門口坐臥著兩隻小貓，痛斥本部連連長：「像什麼體統？」我不知道，到現在還不知道，兩隻小貓是如何跟「體統」扯上關係的。連長回去罵值星官，值星官火速派人捉貓。那時我正在烤火般的山上給學生講解、示範班攻擊。小花比較警覺，躲在停車間的角落裡，小黑被捉走了。我中午下山休息時才聞知消息，心中慌張得幾乎沒了主意。只好先把小花送到另一個營的廚房裡去「寄養」。那是最熾人的正午時分，我跨上單車，把小花放在肩胸之間，右手緊緊按住牠的背脊。自從來後，小花和小黑從來沒有離開我們寢室停車間外一小方草地外過。車子顫動時，小花驚慌得東張西望。一轉過彎，是牠全然陌生的景致，牠便尖聲地叫了起來，並且掙扎著要跳下車。我的右手抵抗著牠的扭動，我的肩頭感覺到牠奇快無比的心跳，我難過得直想落淚。因為我想起小黑被抓時，一定更惶恐、更害怕。小黑在哪裡呢？我還有機會再見到小黑嗎？

我將小花鄭重的託給同是預官的ㄓ君——二營的營務官。然後瘋狂地騎車繞著校園尋找小黑。我一定是給太陽晒昏了頭，我到下午上課前十分鐘才頹然上山繼續我未完的課程。我一定是給太陽晒昏頭了。

一直到下午五點，下了課，我才想到要去問本部連。我找到熟識的副連長。副連長告訴我，小黑中午還在連上，跟另外一些抓到的野貓關在一起，下午的時候，才叫一個準備休假的士兵順手帶出去放掉了。聽完那一刻，百感交集。是欣慰，至少知道小黑只是被放出營外；是難過，此去茫茫天涯無處相尋了；更是懊悔，如果我中午來找副連長就好了，如果我中午想起來就好了。

晚上去廚房探望小花，牠在廚房裡十分驚慌，一直不停的叫，看到我去才停止。可是不吃東西，牠一定不知道我為什麼要把牠丟棄在那裡，一個全然陌生的地方。我既擔心牠在廚房裡被欺負、又擔心牠跑回來被抓走。

從那時候起，差不多整整一個禮拜我無法安睡。從下課或下班回來，遠遠看不見兩隻貓急急跑出來迎接的模樣，我就開始陷入惡劣心情的折磨裡，何況後來小花又從二營的廚房走丟了。我想我再也見不到這兩隻貓了。牠們從離開母貓後，都是我在餵養，牠們能有自我訓練覓食的本領嗎？牠們在飢餓中再也聽不到熟悉的碗筷敲擊聲了，再也吃不到新鮮的魚了。翻來翻去老想到這兩隻貓，睡醒過來時恍恍惚惚的的，心裡老是空空的、空空的，很不舒服。隔幾天沒上課後再繫上S腰帶時，赫然發現竟整整鬆了一圈。

大概有一個月的光景罷。ㄓ君意外地打電話來告訴我小花找到了，我與T君、P君一起去看牠。很狼狽、很令人不忍的模樣，右前腿不知怎樣瘸了，原本長長白淨的眉毛和鬍鬚都不見了。看斷處的焦黑，想必是被用香煙燒斷的。身子抽長了點，但很瘦、很瘦。毛變得很粗，摸在掌下都會磨刺。最令人不忍的是，牠還認得我們，踏踏地蹬著三條腿掙扎從麵粉袋上跳過來。

我們決心再把牠帶回寢室。就剛好那天，我在快樂的心情下去打籃球，竟然扭傷了腳。於是就看見一隻瘸腿的貓跟著個瘸足的人在寢室進進出出。大家在哈笑中，我不免生出些刻意逃避卻逃不掉的苦澀，看到小花這樣，那麼小黑呢？我真的不敢想。

小花有了比以前更多的特權。牠現在晚上可以進到寢室裡睡覺，牠現在中午可以睡在P君日益隆凸的肚子上，牠現在可以在我們的書桌上散步，選擇任何一個坐在桌邊的人的膝腿間窩居。

過中秋節時，我們寢室所有的人都要回家休假，為了小花我們還開過好幾次寢室會議。最後決定把牠鎖在停車間裡，買了兩大罐魚罐頭，開好倒在碗裡做牠的吃食。過完節，大家回來第一聲都是叫喚：「小花——」，包括原來最不喜歡貓的L君在內。我提水沖洗臭氣沖天的停車間，卻工作得甘之如飴。

那段日子，也是我們幾個室友最常聚在一起聊天的時光。我們很容易就聊起來，因為有小花作為開頭的共同話題。小花也都不怕人，喜歡一整天賴在人身上。

一九八六年十二月十九日，星期五，我們全寢室的人一起外出吃飯，帶了一些豬頭皮回來，卻怎麼也找不到小花了。

各類的消息，自第二天開始流傳開來，行政處又下令抓貓抓狗，理由是「有礙觀瞻」。本部連單行法：抓到一隻貓或一隻狗，榮譽假一天。狗抓到後，打死，逕送副指揮官處，要完屍，還要有毛，才知道是什麼顏色的。貓呢？貓呢？

中午在餐廳，總教官室的厷君以包打聽的姿態在我們面前炫示：「你們想知道小花被誰抓走了嗎？」想。一個本部連廚房的食勤兵賺了一天最容易賺的榮譽假，「你們想知道小花到哪裡去了嗎？」想。汽車連有一個嗜食貓肉的老士官長……

我急急衝出餐廳，中午的飯菜嘔了一地。知道結果其實並不是件壞事，可是我無法不去想像，那樣溫馴的小貓面對那一擊時的痛楚與折磨……

——選自《新世紀散文家：楊照精選集》（九歌，2002）

賞析

〈我的貓〉，是喚做小黑、小花的兩隻流浪貓，作者在服兵役期間偶遇的兩隻貓友。作者為了在軍營中照顧這兩隻貓吃了很多苦頭，要清洗貓的排泄物，要省下食物來餵養小貓，在同僚不同調的階段，要忍受同事間的不愉快，等到營區開始掃蕩流浪貓狗時，更是為小黑，小花的失蹤、死亡擔心、操心、傷心。可是，既然是「我的貓」，自然有情感相繫的樂趣，就像作者說的，俗諺：「貓來起大厝」，自己跑來的貓代表好運道，其實是包含了人們對大自然流離生命的一種庇護之心。那段和我的貓相處的歡樂時光是，小花可以進寢室睡覺，可以睡在某人隆凸的大肚子上，可以在任何人的書桌上散步，每個人回到營區寢室的第一聲都是叫喚「小花」。

可惜好景不常，營區又開始抓貓抓狗，理由是，「有礙觀瞻」，作者一直不明白的是，為什麼軍營裡有貓狗是件丟臉的事？

作者所描述的養貓事件，在過了二十多年後，在台灣已經邁向已開發國家，而且很驕傲地宣布是世界上少有零外債的富裕國家之後，都仍然在上演著，只要還有人覺得虐貓虐狗是件好玩的事，只要還有嗜食貓肉狗肉的人，只要我們的社會還不能完全認同每一條生命都是值得尊重的，那麼，這些事都還會發生。

想一想

1 要怎麼樣才能減少或解決流浪貓狗，替這些無辜而也應該有「貓權」、「狗權」的流浪動物想想辦法吧。

2 作者寫到他回到營區寢室若看不到兩隻貓跑出來抑接的模樣，就會心情惡劣，他所描述的是一種什麼樣的心情？

三峽的女兒

曾郁雯

從三峽的女兒剛嫁為人婦那幾年，常常回娘家小住，開著車來來去去，心境上從來不曾感覺自己已經嫁離三峽。

但聽到中山路老街要拆除的消息，心裡難過極了，一時沒想到自己的爸爸媽媽目前也住在中山路上，只想到這條美麗安詳的老街歷經波折，終究還是逃不過怪手的摧殘，不禁黯然。

趁女兒午睡，我一個人溜到街上閒逛。從前我只要一回到老街，看到一片片紅磚牆，心情就會變得優閒自在，少女時代那種溫柔浪漫的氣氛隨即充滿四周。

有時候我會和媽媽推著女兒的娃娃車祖孫三人一起散步。我們的行程大致是從民生街的老房子出發，走到民權街的土地公廟前，雙手合十，簡單一拜；然後到祖師廟裡燒香，偶爾充當解說員，替外地的遊客介紹祖師廟的建築或石雕；而後沿著三峽溪畔的秀川街漫步，和坐在堤岸邊喝老人茶的朋友打招呼，站在柳樹邊看看三峽拱橋優美的弧度；再回到祖師廟的大埕和民藝店的老闆娘聊聊天，順手買盒檀香香環才結束話題；之後繞到三峽國小陪女兒盪鞦韆，一直到煮晚餐的時間才回家。

我常常在散步的時候想，我們祖孫三人應該都是三峽的女兒吧！就像許許多多在這個小鎮成長的少女一樣，共同擁有美好的回憶。

但是，此刻的我雖然走在熟悉的街道上，心情卻大不相同，看到雨中沉靜的老街，紅磚的顏色顯得更深更豔，在傘下忍不住一再觀探這幅已經看過千百遍的風景，不敢相信已經存在二百多年的老街即將消失無蹤！

根據文獻記載，遠在清乾隆二十年（1755年）安溪人董日旭由現在的鶯歌來到三峽屯墾，為三峽開闢之初，那麼他們所走的路徑應該就是這條中山路。安溪人愈聚愈多，就把家鄉的守護神也請過來，在三峽溪岸邊建立清水祖師廟，形成民眾信仰和活動的中心。

道光到同治年間，三峽已經成為台灣北部最重要的樟腦產地，現在的三峽人大概不知道三峽是本省最早的茶葉產地吧？一直到光復後樟腦種植及製造業才告衰退。

民權街在清代就已經發展成一條繁榮的商店住宅街，日據時代開始出現大量紅磚，建築物帶著濃厚的巴洛克風格，希臘式圓柱、羅馬圓拱門、洗石子、貼面磚的洋房、牌樓、女兒牆，從這兩條街的各式建築，就可一窺台灣近百年北部鄉鎮建築的演變足跡，尤其是街邊店面前的「亭仔腳」（騎樓）更具特色。

我的童年就是在亭仔腳穿梭度過，小時候上下學都要經過中山路，長長的亭仔腳為我遮陽擋雨，我最喜歡邊走邊看燕子築巢，那時候整條中山路的走廊上幾乎都「掛滿」了燕巢。後來我才知道亭仔腳早在光緒年間就在台灣形成，因為台灣屬於南方炎熱多雨的氣候，夏天的西北雨更教人措手不及，為了方便顧客與行人，亭仔腳是最佳的避雨所在，和鹿港的「不見天街」，有異曲同工之妙；另外商家也可以將商品放置到亭仔腳，甚至街道上，使得這個過度空間更加多彩多姿，發揮更大的功能，這種獨特的風味在現代的老街上依稀可見。

只可惜三峽鎮公所為了配合道路拓寬，決定拆除中山路，原因是為了配合觀光事業及交通之需要，似乎是只要把中山路拆了，這些問題都能解決！

就算把最具特色的亭仔腳拆掉，多空出一點停車位之外，能有什麼幫助呢？道路即使拓寬成十五米，當車輛湧入祖師廟前，祖師廟那座小小的廟埕能容納這麼多車（尤其是大型遊覽車）嗎？

台北縣政府派來的設計師於前鎮長任內，在祖師廟前建了一座長福橋，本意是讓遊客及大型遊覽車能從這條橋進出，不必在老街狹窄曲折的巷道中進退不得，立意雖好，只可惜這條橋建到今天，變成一座「斷頭橋」，從對岸銜接到廟埕時，橋身竟然高過大廟將近二公尺，等於是一條廢橋。

這條橋既不好看又不能通車，中山路的車子進來後同樣無路可走，為什麼又要犧牲這條老街，又不能改善交通？當時台北縣長尤清先生六月下鄉考察，表示會尊重地方意願，要美化或拆除皆可。但是，他自己覺得這座橋既不美觀又不實用，如果要拆掉，他會設法撥款補助！

地方人士也為了拆與不拆爭論不休……我站在祖師廟前看著這座馳名中外的藝術殿堂默默地仰望著斷頭橋，黑面的祖師爺心中不知作何感想？

如果地方的人士決定用「美化」的方式改造這座橋，那麼就讓這座龐然怪物永遠在這裡為這些人作歷史見證，該拆的不拆，不該拆的急著拆！老街保不住，卻留下一座遺臭萬年的斷頭橋，好吧！就讓子孫嘲笑我們的愚昧與荒謬吧！就像某位學者來看過長福橋之後發表的宏論，留下來當作證據，他說斷頭橋也很好啊！可以媲美義大利的比薩斜塔！

祖師爺請別生氣，到時候我們在橋頭設一座起重機讓車子上下橋，每部車都收費，除了增加收入之外，屆時一定還會有很多人爭著來參觀這種奇景，廟裡的香火一定更旺。

其實，不要橋、不要拆馬路，只要在三峽溪的對岸建一座大型的停車場就可以解決。外地的香客和遊覽車從外圍道路進入三峽後，將車子停在靠近三峽舊橋邊的停車場，步行歷史悠久美麗的拱橋，在橋上可以看到遠方靜臥的鳶山，遙想鄭成功的風采。

然後沿著溪邊的秀川街慢慢走，秀川街可以發展成觀光特產區，將三峽的包種茶、山產、蔬果，還有民藝骨董一一陳列，然後再到廟裡拜拜，燒完香，參觀祖師廟精雕細琢的石雕建築，再繼續走到民權街和中山路參觀老街，慢慢欣賞這條台灣最長的老街，三峽之旅一定讓你流連忘返！

突然想到中山路這條老街大概晒不到今年的中秋明月了！屋上的簷瓦大概熬不過明年的春分，得不到閏雙春的雨水滋潤？如果不走前面的三峽之旅，還有另外一套行程可供遊客參考。下次來三峽觀光時，可先到祖師廟前參觀斷頭橋，再到鳶山頂聽一聽那座號稱東南亞最大的銅鐘所發出的嗚咽之聲，這座銅鐘當初由鎮民捐款鑄建，可惜含銅量太少，敲起來不太響；然後到大漢溪源頭參觀一下大台北區綜合垃圾場，這裡的水質甜美，板橋、樹林、新莊、土城一帶的用水都是由此處供應；以後在三峽街上除了大型的遊覽車進進出出之外，保證還會有來自各鄉鎮的垃圾車從早到晚川流不息；離開三峽時，行經媽祖田之前，別忘了回頭看看半山腰的焚化場，很多人就是在這個山明水秀的地方飛往極樂世界！

這就是我的家鄉嗎？從今以後我要以什麼樣的心情緬懷她？我從來不覺得自己是潑出去的水啊！

三峽的女兒，竟然是先甘後苦！

——原載《自立晚報》副刊（1990.9.24）

後記：三峽老街於本文刊出日拆除，二〇〇四年開始整治重建一條復刻版的觀光老街。二〇〇七年在西班牙巴塞隆納舉辦的全球建築金獎（FIABCI Prix d'Excellence Award 2007），「三峽老街改造」獲得公共部門暨特殊建築類全球傑出建築金獎亞軍。

賞析

人類生活中建設與破壞是息息相關的，在我們生活的這塊土地上，拆這個蓋那個也是稀鬆尋常，只是作家筆下更珍視的是為文明的軌跡留下一些記憶。本文是作者藉由個人對三峽老街的情感，呼籲不要為了拓寬道路，拆掉獨特而珍貴的老街。

我們在作者的描述中，知道原來三峽是樟腦、茶葉的重要產地，那街邊店面前的「亭仔腳」（騎樓）的設計更是獨特，因為台灣地處南方，屬於炎熱多雨的氣候，夏天的西北雨更常讓行人措手不及，所以亭仔腳式的建築讓行人可以安心逛街購物。作者自己的童年是在亭仔腳中穿梭，他也希望每一個在這小鎮成長的少女，都能擁有這樣的美好回憶。

開發與建設能不能不要毀掉文化的傳承？這個聲音雖然微弱，可是也發揮了力量，讓

三峽老街盡可能存留下來，雖然隨著時光流逝，現在的三峽老街也許不是作者當年散步時的模樣，但是透過三峽女兒的敘寫，下次我們到三峽去，也會對著靜臥的鳶山遙想鄭成功時代三峽的風采吧。

1 你小時候嬉玩、打球的草地，若是現在變成方便購物閒逛的百貨公司，你的心情如何，嘗試描述一下。

2 作者有一條她閒走三峽老街的行程，你有沒有呢，也設計一下在家鄉街道散步的路徑吧。

單人KTV

郭強生

現在唱KTV都是一個人去唱，成了生活中不可少的安定劑。

不是每個人都應該這麼孤僻，實在是因為想不出有什麼原因，我必須坐在那兒聽別人實在不怎麼樣的歌喉。好歌老歌這麼多，又偏偏有許多人愛挑自己唱得七零八落、別人又沒有聽過的新歌，坐在那裡只好傻傻盯著螢幕，假裝自己很有興趣要學起來的樣子，心裡其實在想：歌做得爛，MV也拍得爛！

真正說到底處，和自己水準不相當的人去唱歌，自己唱句句用心，可圈可點，那廂的人只顧著聊天和敬酒。我氣那些不把歌當歌、不把別人的耳朵當耳朵的人，可恨這種人一天比一天多。

大學的時候，卡拉OK這玩意才剛出現，離後來KTV包廂時代還有一段進化過程，一般只出現在林森北路酒場一類的地方。唱歌在那還時還是一種有專業標準的活動，想聽歌可以去民歌西餐廳，或是忠孝東路上的「艾迪亞」，聽到還沒被發掘的潘越雲、李麗芬如十八K金的歌喉。

記得第一次聽到李麗芬的現場，她的精湛成了我的驚顫，從前聽歌只聽到旋律，至此之後懂得了音色。一度我迷戀上這些現場功力足以銷魂的民歌手，穿著制服背著書包跑去聽他們唱歌，也是一個人，點杯飲料坐到十點，回家，假裝在學校晚自習結束。十七歲的小平頭，單戀的憂鬱時期，很會自溺。

上了大學，同班很另類的一個女生，薇若妮卡，二十出頭已妖豔蓋世，把我帶進了鋼琴酒吧。她那時跟劉家昌的「歐帝威」唱片公司簽了約，排在千百惠之後就要發片，結果公司先倒了。薇若妮卡大剌剌想得開，開始在高消費的鋼琴酒吧跑場。跟她搭配的琴師劉老師，超帥的滄桑中年男，有時看到我去找薇若妮卡，會叫我也上來唱兩首。他算是第一個發現我歌藝的人，有他伴奏唱得很安心，他抓得住我轉音換氣的抑揚頓挫。每首歌唱到要收尾音時，他會專注望著你的臉，等待，也許只是一個半拍，但有一種合作無間的欣慰。

當年的薇若妮卡，今天已成了外商銀行的副總經理。我這個教書匠現在再也去不起鋼琴酒吧。劉老師呢，早在十幾年前車禍過世了。

住在紐約的那些年，台灣朋友很少，或者應該說志趣相投的人難尋，畢竟是異鄉，大家見了面若是談台灣的政治，最後一定不愉快；不談台灣，大家的背景南轅北轍，很難有共同興趣與話題。有一陣子，就剩下我和琪、中平三人閒晃。

我和琪的生日只差三天，那年春天，一起過了個生日，走出法國餐廳，雖是走在很有情調的格林威治村石板路上，突然我們都覺得何其孤單。到了中平家，想念起了國語歌，記憶遙遠到手邊沒人有國語歌的帶子。自己唱吧！這一唱我們發現了醫療鄉愁、治失戀心痛、抗憂鬱失眠的良方。琪和中平都是當年錄過唱片還得到了一座金鼎獎。三個愛唱又能唱的人，把錄音間變成了蓋高尚的錢櫃包廂，我們很小心地挑選可以加入我們的人，而且很驕傲地聲明，我們不是在唱卡拉OK，而是「進錄音室練歌」。

現在我回到台灣，中平多半時間跑大陸，偶爾我回到紐約和琪相約，想起那段日子恍若青春一夢。有次她揶揄問我，還記得《愛的代價》那首歌嗎？我說我再也沒唱過了。很慘烈的一場情傷，一直隱隱作痛斷不了，直到有晚在「錄音室」唱這首歌時，我突然痛哭不能止，之後神奇地雨過天青，再也不難過了。只有歌與朋友，可以從輕狂年少一路陪你到哀樂中年。

所以，究竟是一個人上KTV太自戀、或太做作，還是一堆人扯了嗓門發洩太麻木不仁？在這個只知消耗、不問品質的年代，我的單人KTV成為我另一種同流不合汙的精神革命。其中存放了生命中值得收藏的許多轉折，我以絕對的自我要求為釀，釀出一點半醉的清醒。

——選自《就是捨不得》（九歌，2006）

KTV在上個世紀從卡拉OK進化以來，一直都是群體的娛樂，三兩好友甚至一大群人相約，在一個封閉空間中盡情歌唱，一堆人扯著嗓門同歡同樂，可是本文作者卻喜歡一個人唱KTV，為什麼呢，是作者太孤僻，是受不了同行者的爛歌喉，還是，這只是作者一種同流不合汙的精神革命？

他在文中細數自己的歌唱史，從在民歌餐廳聽歌，點一杯飲料坐到十點的平頭高中生，到在高消費的鋼琴酒吧客串，然後是在異鄉的私人錄音間，把錄音室當成高尚的錢櫃包廂……在作者的生命歷程中，唱歌是度過慘綠青春、醫療鄉愁、治失戀傷痛以及抗憂鬱失眠的妙方。

在單人KTV中，作者體會到，只有歌與朋友，可以從輕狂年少一路陪你到哀樂中年。我們呢，也許是書、是音樂、是花草樹木，我們也都會在自己的生活中找到和自己相伴的方式。

想一想

1 你會不會一個人去唱KTV？這樣的單人KTV和一個人看電影、一個人去旅遊在本質上有沒有不同？

2 除了歌和朋友，你覺得還有沒有什麼東西可以陪伴我們一輩子？

肉圓

焦桐

么女出生時，體重偏高，令那張袖珍的嬰兒床顯得擁擠，醫院的護士們給她取了個綽號「肉圓」，大概秀色可餐的模樣。不過，聽那些護士的口氣，似乎不懂得欣賞豐腴美，我至今仍耿耿於懷。

如今便利商店也賣肉圓了，然則這種生意不會大張旗鼓搞連鎖店，也不會布置出富麗堂皇的吃食環境，多只是路邊攤或小吃店。

肉圓又稱「肉丸」，鹿港叫「肉回」，乃台灣土生土長的庶民小食，非常普遍，幾乎每一個地方都不乏好吃的肉圓，如新竹市「飛龍肉圓」、鹿港「肉圓林」、台東市「蕭氏有夠讚肉圓」……尤其夜市，多見肉圓芳蹤，我們幾乎可以斷言，沒有肉圓的夜市，不會是完整的好夜市。

肉圓略有地域歧異，在地性格強烈，因此街頭巷尾所見的肉圓多以地名標榜、號召，諸如永和的「潮州肉圓」，台南東山鄉的「東山肉丸」、柳營鄉的「柳營肉丸」，彰化人遷居鶯歌所立的「彰鶯肉圓」，此外隨處可見新竹肉圓、員林肉圓、台南肉圓、屏東肉圓……據說彰化北斗鎮是肉圓的發源地，北斗肉圓外表呈三角形，體積迷你，我一次可以吃十個，新竹內圓個頭也小，是橢圓形，一般肉圓則多為扁圓形，直徑約六到八公分。

台灣肉圓的風格，大抵南蒸北炸，北部以彰化為代表，餡料以豬肉為主。南部以台南為代表，多以蝦仁為主角，像「茂雄蝦仁肉圓」和「友誠蝦仁肉圓」，新鮮的沙蝦仁、肉臊、紅蔥頭所組合調製的內餡，加上細嫩的外皮。

清蒸肉圓的優點是不油膩；不過我偏愛油炸肉圓。說是炸，其實只是泡在溫油裡，混合兩種工序——先蒸後炸。所用的炸油多以花生油混合豬油，肉圓蒸熟後備用，待顧客點食才入油鍋加熱。由於剛從油鍋中撈起，從皮到餡都非常燙，邊吃邊吹氣，在急嘗美味和燙傷嘴的邊緣，忽然領悟爽快和危險住得這麼近，喔，人生有許多時候真的像在吃肉圓，躁進不得。

肉圓美味與否繫乎三條件：外皮須厚薄適中，又要柔軟而富彈性，外表須呈半透明，有剔透感，咬下去透露米香肉餡須飽滿，且配料和諧，調味佳；淋醬的優劣亦是成敗關鍵。

肉圓的製作有點繁複，實實在在的工序是：將浸泡一夜的在來米磨成漿，倒入滾水中攪拌至熟，再添加太白粉、地瓜粉攪勻拌成糊，即為粿漿。待粿漿冷卻，注入模子中，加入內餡，再糊以粿漿，送進蒸籠炊熟定形。製作粿漿的在來米粉添加地瓜粉、太白粉，乃為增強外皮的韌度和黏性。這裡面猶有些講究——地瓜粉需用紅粉才不易蒸爛；此外，肉圓蒸熟得先用電扇吹冷才取下。

內餡以豬肉為主，常見的餡料還有筍丁或筍絲、香菇、蔥頭，筍乾選取刺竹方為上品。豬肉大抵採用胛心肉或後腿肉，須先爆香過，用紅糟處理也很普遍；清蒸肉圓多用肉臊，油炸則多剁成肉塊。清蒸的淋醬多用蝦醬，油炸則多用米醬，顯示濃油厚醬的表情。米醬乃用糯米磨漿，加糖熬煮而成；有些店家會另加醬油膏、甜辣醬組合。

賣肉圓雖是小生意，好店家卻不會缺乏體貼心意。屏東夜市「上讚肉丸」免費提供以柴魚、三層肉、冬菜所熬製的「感情湯」，無限暢飲，顯然在和老顧客博感情。台北人製肉圓多放筍絲，異於別處的筍丁；店家將肉圓端給顧客前，會先用剪刀剪開外皮。

彰化縣的肉圓有北斗、彰化、員林三個山頭，各有其作法和口味，各有其擁護者，乃彰化縣最具代表性的美食。

彰化「阿三肉圓」老闆伉儷是帥哥美女，其肉圓分大、小兩種，大肉圓內餡飽滿著肉丁、干貝、炸鴨蛋、大香菇；外皮用純番薯粉製作，彈勁足。搭配肉圓的湯品有龍骨髓湯、豬肚湯、排骨湯、金針湯、苦瓜湯，湯頭用心熬煮。

板橋黃石市場附近「林圓大粒肉圓」是我最近才體驗的美味。一天，詩人紫鵑請我們品嘗板橋美食，吃到肉圓時已經下午三點多，已品嘗過多家餐館和小吃攤。我卻一眼就愛上它。這家小店僅賣肉圓、虱目魚丸，比一般攤販的貨色少，二十幾年來卻愈賣愈旺。肉圓的外皮細滑，彈牙，飽含嚼感和米香。內餡更加講究——飽滿的豬後腿肉、筍、香菇，並且加一顆鵪鶉蛋。醬汁也靚，據說是加了蝦頭、蝦殼和蝦卵所熬製。林圓大粒肉圓跟以前彰化市的「阿章肉圓」風格近似，不過阿章肉圓考慮健康，已經捨棄豬肝和鴿蛋。

豐富內容的手段各家不同，基隆市「阿玲家肉圓」添加小黃瓜片；新竹市「飛龍肉圓」內餡另加栗子；台南的清蒸肉圓則例加蝦仁。

九份的「金枝紅糟肉圓」有葷、素兩家，我平時並不吃素，可每次去九份都得吃一粒素肉圓才肯回家，那豆粉製成的素肉、筍絲、香菇合奏出不可思議的香味，令人迷戀。

南機場社區有一攤肉圓，下午才短暫出沒，旋即不見蹤影，當肉圓攤重現江湖，攤前立刻排出長長的人龍，我多次搭計程車去排隊，大概有一半的機率向隅，遭受失望打擊漸多，遂提不起勇氣再去。

大學畢業時，女朋友住在頂好市場後面，附近土地公廟前有一肉圓攤，十分美味，我們常常站在路邊吃肉圓，米醬之外再加蒜泥和自製辣椒醬，大汗淋漓，那氣味芬芳了周圍的空氣。這樣一粒肉圓，值得燒香拜佛。

台中市聚集了許多好圓，諸如中正路上的「丁山肉丸」、「茂川肉丸」都有不俗的表現。最令人動容的肉圓可能是復興路「台中肉員」，這也是我吃過最讚的肉圓。

「台中肉圓」一九四一年開業，目前是第二代周朝堂先生掌門，座位頗多，店內僅賣肉圓、冬粉湯、魚丸湯，卻人潮不息。牆上掛著台中市長、議長等人贈送的紅扁額「全台首圓」，我覺得他們當之無愧，那肉圓的皮用在來米、地瓜粉、樹薯粉調製，復經過準確地攪拌程序，展現非常驚人的美感，彈牙的外皮內是堅實鮮美的腿肉、筍和香料組合的丸狀內餡。店家自製的獨門甜辣醬很靚，我卻偏愛原味，不淋任何蘸醬，這肉圓值得仔細品嚐；吃肉圓，再喝一碗魚丸湯或冬粉湯會更加愉快，魚丸以旗魚製作，高湯乃大骨熬煮。初次吃「台中肉員」是戴勝堂先生引領，他和周老闆熟識，兩個朋友邊吃邊抬槓，增添了這種庶民美食的人情滋味。

我的肉圓史，從每粒新台幣三元，吃到每粒三十五元，見證了台灣物價的飛漲。

——選自《臺灣味道》（二魚，2009）

賞析

肉圓是台灣土生土長的庶民小食，我們每個人可說都吃過各種或蒸或炸或大或小的肉圓，不過我們可能不知道肉圓又稱「肉丸」，也有的地方叫「肉回」；我們可能也不知道彰化北斗是肉圓的發源地；而像「茂雄蝦仁肉圓」、「九份金枝紅糟肉圓」、「台中丁川肉丸」等這些店家的特色何在？我們也不清楚。

多虧作者考察台灣各地的肉圓，告訴我們板橋的「林圓大粒肉圓」外皮細滑彈牙，內餡多加了鵪鶉蛋；還有「台中肉圓」彈牙的外皮內是緊實的腿肉，基隆「阿玲家肉圓」添了小黃瓜，新竹「飛龍肉圓」內餡另加栗子……

台灣的肉圓史從南蒸北炸開始，而作者的肉圓史，是從每粒三元吃到三十五元，作者

結合個人的生命史來寫肉圓，像是出生時體重偏高的么女，護士戲稱「肉圓」，作者還怪他們不懂得欣賞豐腴美；大學生交往的女朋友住在頂好市場附近，常常一起站在路邊吃肉圓……於是肉圓不只是台灣的肉圓，也是作者獨有的私房食物。

1 哪一種台灣美食是你生活中很重要的部分，試著結合自己的生命史，給某一種食物留下紀錄吧。

2 按照作者的描述，你來整理一顆肉圓的製作過程吧，從外皮到內餡到醬料等等。

失厝

林黛嫚

「敦化南路一段三十六巷二十五號……」

「中興紡織大樓旁巷子右轉維多利亞麵包店樓上……」

這是城市語彙，在那個我成長的地方，辨識路徑完全憑直覺。某次和朋友相約，在我詳繪地圖，頗費脣舌敘述，對方仍然迷路後，我知道自己的方向感不可靠。

第一次開車返鄉，記得是一個煙氣氤氳的迷離夜。車子拋下寬闊無聲的高速公路，進入小鎮，我手扶方向盤，孤獨與闃黯擁著我，腦子疲憊而空乏，只餘回家的意識。左一個轉彎，右一個轉彎，柏油路是陌生的，水銀路燈映照的店家也是陌生的，當車子在客廳慘白的日光指引下停住時，我微微驚訝，自己竟然一無頓挫地找回來了。

原來，我自有尋覓的格式。譬如，從熱鬧的市集如何走回這處日式風味濃厚的宿舍區？我說，沿著中山公園、阿婆雜貨店、彈鋼琴的張玉如家、一溝之隔稱為「下庄」的閩式古厝、溝水漸涸的大水溝、廢棄已久有鬧鬼之虞的獨棟宿舍，然後，曾因颱風翻修過而與周圍形式不統一的四戶相連房舍出現，說起來似乎是坦直無阻，事實上，我的腦子自會轉彎。

那我生長、有我二十多年記憶的老家就在第二間。

我與厝的接觸和我的智識同時展開。

那不是什麼特別日子，甚至不記得是哪一天的哪一段時光，我突然從躺了許久的榻榻米上翻身而起，用背轉身子、雙腳先著地的姿勢下床，然後我眼所見，不再是那一床單調的白色蚊帳，首先撞進視線裡的，是直挺挺的木頭桌腳。我從四隻桌腳間穿越。

這是廚房，我後來知道了。廚房裡有一張餐桌、一座大灶、一具食櫥和一座洗滌槽，我對那座大灶最感興趣，那種放進一枝木棒就會發出一陣火光的場景很教我吃驚。

走過廚房，我進入客廳。這間房的右邊是一張大床，父親的，從我有記憶起，父親就總是在那兒，當他在家時，或者倚著床沿看電視、或者發出鼾聲呼呼大睡。客廳的左邊是一排藤椅，面對著一架十四吋黑白電視，靠牆那兒有一張書桌，牆上張著一個大窗戶，窗戶上是一幅景致優美的風景畫。

客廳與戶外之間還有一間房，幾乎沒有擺設，有時靠牆的那張活動大圓桌敞開作為拜拜的供桌，否則那只是一間空房，存在的意義在於，父親的老家是農宅，廳前總是有一座晒穀場。

若在我下了床時，並非向前而是向後爬，那麼我將碰到兩間臥房，家中姐妹分居其中，兩房形式完全一樣，藉以分別的是門上的對聯，一是國泰民安樂，一是家和萬事興。

出了臥房便是後院，曾經長著兩棵、或者更多的芭樂樹，可惜不久父親將之翻建為另一間臥房，在孩子多已長大之後。與後院的籬笆一溝之隔，是另一個村落，住的多是農人，由於在就讀的同一學區的學校內，子弟的學習程度和宿舍區的子弟有點距離，而被稱為「下庄」。

走過那象徵意義的晒穀場便是前院，是父親業餘消磨時光經營的小花園，沿牆種了一排聖誕紅，平日是氣息奄奄、蒙塵的綠葉，卻總在豔豔的十二月大放光彩。

我總愛在臥房裡與妹妹們唱大戲，學歌仔戲演員們甩起長長的水袖，哀哀切切地哼唱自己也不懂的情緒；我也愛躲在臥房裡看書，背靠著冷冷薄薄的木板牆，完全不管牆外的諸般動靜，獨自沉湎在書中的驚天動地中；還有，讓家貓大花睡在肚上，擁一床厚實的棉被，凝聽大花發出催眠的呼嚕聲。

餐桌自然是廚房的重心，吃飯時我將菜肴擺好，飯盛好，餐椅拉出，等著父親坐下，夾起第一勺菜表示開動。我記得那次我在印花的餐桌上，將那桌布破洞當作一塊掉出盤外的豬肉而用筷子使勁夾取，鬧了大笑話之後，翌日父親帶我去配了眼鏡。

客廳原是家人聚集看電視的地方，但我只喜歡那屬於我的午後時光，我一個人霸占了整個客廳，我坐在父親的書桌前，不看書，也不寫字，完全沒有利用書桌的功用，我只為了從這個角度欣賞窗景。窗外，有時行人隔著竹籬笆走過；有時，蝴蝶在聖誕紅上啜取花蜜；但更多時候，窗外什麼也沒有，是一幅靜謐的人間。

還有那「晒穀場」，室內空蕩，整日裡人來人往，足跡都印在上頭，別人或許沒有發現，但我知道，父親在這兒和做木工的叔叔說定蓋臥房的細節；大姐在這兒和二姐為了誰該放棄學業成全另一人而相互推讓；而我，在這兒為了養了十年的灰狗終老而潸然淚下。

然而，那天，父親打電話來，說是房子要拆了。

我離開那房子十年了。

國中畢業時我決定離開它，原因很多，歸結起來卻只有一個，我靈活的心思開始躍動，而這生長的土地已不能滿足我，至今想來，一個國中女生能下定決心且毅然執行，確是勇氣可嘉。於是我走了，避到遠遠的台北，只在長假時回來，目的也不在看它，而是探望父親。

但是我仍不斷豐盈它，以我在另一個環境中的所思所為，如書、相片、文稿、畫冊、衣物……等，我認為珍貴的東西都老遠帶回來，然而卻丟在那兒，再也不去動它們甚至根本忘了它們的存在，如同我對這房子，只當它是一個休憩的場所，需要時使用它，不需要時許久也不回來看它。

因此父親說房子要拆了，千情萬緒才湧上心頭。

這十年，房子的變化很大，我的變化也很大，父親的變化也很大，或者說，時光在這段期間改變了每一個人。我從一個未經世事的女學生成為職業婦女、妻子、母親的多重身分；父親則從工作崗位上退下來，賦閒在家，然後從一個嚴厲的父親磨去了所有的稜角，成為整天為女兒的三餐煩惱的人；房子則因母親去世、姐妹出嫁或離家就學漸漸向後傾移，變成活動空間完全在最後加蓋的那間父親的臥房。

房子要拆了，大道要從這兒過，怪手來了，房子就只剩父親的臥房。那麼我的童年呢，我慘澹多少年呢，我與家人的共同記憶呢？

若非父親早一年遷離老家，他的失厝感覺將更強烈。他在電話中的語調平淡，聽不出澎湃心情，但我可以想像，那將比我失去心愛娃娃的感覺還要強烈。房子拆了我才去看它，甚至父親把殘缺的房子補起來我才回去。我無法忍受印象中的房子換了印象。

依然是開車回家，父親坐在我身邊，他絮叨地說著什麼，我則專心開車，如此專心以致我如何到達這兒竟然自己也不曉得。當我發現我置身一處曠蕩的空地之後，受到驚嚇是很難形容的。

不見了，都不見了，那我經常奔跑的小徑，那一大片除了稻子也豢養著如蝌蚪、青蛙、蚊子等生物的水田、那一排寄託幻想的竹林……都不見了，而從前看起來是遠處，那與「下庄」相對稱為「頂厝」的房舍如今卻在曠野的盡頭，一屋一瓦分明。那種感覺就像辛苦爬格子的作家丟失了原稿，什麼都在腦裡，卻不知如何將之還原，灰心的情緒比記憶還在的僥倖感覺還真實。

大道很寬廣，那是房子換來的。父親在大道切剩的殘餘角落又蓋起了兩房一廳，他說，這樣一來，感覺上只是活動空間變小了，房子還在，不曾失去。我同意父親自欺欺人的說詞，畢竟只有如此才能自我平衡。

父親興匆匆地布置新居，床擺那兒，沙發擺那兒，書櫃擺那兒……一如從前每次更換裝潢，兩房一廳擺設起來，甚至比他從前的生活空間還大。父親有將近十年的時間是自己一個人過日子，那老家對他的需求只剩最後那間臥房，失去整個房子等於只失去臥房。

我想這是上天有意安排，因他只需要一間，所以只給他一間，我如此安慰自己。

失眉事件到此為止吧，我和父親都如此認為。

我又回到台北，繼續過我的日子。父親還擁有他的兩房一廳。

父親又來電話，說房子又要拆了，這次是要蓋學校。

下次回家，還能憑感覺嗎？當我立在空無一物的曠野中，是什麼樣的情緒？父親呢，他還能告訴自己，房子還在嗎？

父親從未想過他會失去房子，我也是。

——選自《本城女子》（皇冠，1994）

賞析

作者說他的腦子會轉彎，他用他的方式來繪製地圖、辨識方向；他也用他的方式來和老房子相處，廚房原來有大灶，後來作者料理菜肴，等父親動筷以示開動；客廳牆上張著有一扇大窗戶，永遠是靜靜的人間風景畫：還有晒穀場，整日人來人往，足跡都印在上頭……這些不管用哪一種方式記憶，都是作者的童年和少年，其至壯年。

有一天，房子要拆了，大道要從兒過，怪手來了，把房子的院子、晒穀場、客廳甚至臥房都拆了，只剩下後來加蓋的給男主人生活的空間。失去的不只是老家，還有小徑、竹林、水田，反正那從前橫在「下庄」和「頂厝」兩個地名之間的房舍統統不見了。如果現實的變化照這個方式，那麼作者獨特的認識地理的方式也就不足為奇。

作者和父親從來沒有想過他們會失去房子，失厝事件這種把人的過往連根拔盡的事情，真的會讓人手足無措啊。

想一想

1 某某路幾巷幾弄幾號，這是城市語彙，在作者成長的地方，辨識路徑完全憑直覺，你能不能也憑直覺敘述一下，告訴朋友如何去到你家？

2 臥房在本文中出現過好幾次，每個階段都不一樣，甚至最後房子拆了，又搭起一間臥房，為什麼臥房這麼重要，試著解釋作者要傳達的意思吧。

大雪

黃雅歆

身在炎炎夏日中，不由便要想念起冰雪的冬季了。

在台灣，自然是毫無冰雪的記憶。

但是未曾見雪國的冬季，竟是我為別人感到最遺憾的事了。

那晨醒來，札幌街道雪已大約至膝。天不過剛亮，還未見有人來清掃，街道亦寂靜無人。暫時忘記雪的溫度，一時間倒覺雪的柔軟像是天降的棉絮，靜靜的陪著這個城市的安眠。

不過是昨午的事，我們正坐在薄野街店吃著拉麵，熱氣將窗玻璃暈成薄霧，四周盡是當地人暢快的吃麵聲，呼嚕呼嚕。而雪花就這麼無聲無息的從窗外掠下了。那些小白點很快的就從單槍匹馬匯聚了成群結隊的聲勢。在札幌的冬季，整個城市彷彿便是雪的遊樂場。

下雪比起下雨顯然是和氣多了。雨總像是無端鬧起的脾氣，罵街似的稀瀝嘩啦，非逼著人也跟著一起心煩才甘心；雪卻總是躡手躡腳的來，像一群打扮乾淨整齊的小雪娃娃，撐著一隻隻的降落傘飛到人間玩耍。

但對於習慣南國陽光的我們，這氣候教人過癮的卻不止於此。

撐傘其實無用，或用寬圍巾，或戴上溫暖的雪帽吧。而雪像頑皮的小孩，人一現身就不由分說的黏膩上來，只瞬時，肩上頭上便忽忽疊成一絡小雪丘。匆匆跑至廊下或地道口的人們都迫不及待的拍起雪來，深怕雪成水後傷了毛呢衣裳。遠遠看，只見每個廊口的人們都揮舞著拍肩撥首、幾近整齊劃一的手勢，襯著整片迷茫的雪色。

而我們也總是在快快過街到廊下後，便跟著大夥兒一同拍雪。不同的是，當地人拍雪只是慣例，我們拍雪拍出的是嬉耍般的興高采烈。拚命的、盡情的拍啊，雪在此地不是奢侈品，不用捧在手掌心玩，更無須照相存念，是要用力的拍呀，像是要板著臉孔甩掉黏人的冤家似的，有點惱兒又有點心喜。

從細雪到傾盆大雪，我們都在一個廊口一個廊口之間徘徊，直到大街都已冷清，剩下晚歸的人立起衣領埋頭急走。這時賣烤番薯的小車便悄悄的停靠在路口，點一盞暈黃的燈，豎一支寫著「やきいも」的旗子，在空中飄散起嗚嗚的蒸汽笛聲；雪依然無聲的落下，大地已鋪成雪白地毯。整個場景就像一場電影的現成結尾，溫馨、安詳，「THE END」的字樣緩緩升起，無須再添蛇足。

＊

鏟過雪的街道兩旁有驚人的積雪，有些勉強清出的小道，走在其中竟若身處雪砌的壕溝。

按著路邊地圖的指示，大約十分鐘的腳程我們可以到達札幌的古啤酒廠，運氣好的話，也許能在冰天雪地裡免費品嘗一杯雪國最好的啤酒。

在上班時分裡像我們這樣的閒人實在是太少了，多數的人都自身旁急速擦身。我們愈走離市中心愈遠，積雪愈深，即使是鏟過雪的路面也看不到原有的柏油地。但是古啤酒廠的蹤影渺茫，路標也不見了。

「請問您知道這個地方嗎？」我傾身詢問路過的年輕夫婦。

「是古啤酒廠嗎？」那太太反問我，露出疑惑的表情。回頭與先生私語一番，之後竟從衣袋中拿出一本旅遊手冊。

我大吃一驚問道：「不是札幌人嗎？」

「啊，不是的。」她笑道。

原來他們也是札幌的遊客，來自雪國裡的一個小鎮，因為先生放假來一日遊的。而在他們手中的旅遊介紹裡根本沒有古啤酒廠這個點。

看來是有點問道於盲了。

「為什麼要去啤酒廠呢？」他們卻顯得興趣盎然。

就在大雪過後的街上，一邊走著，我一邊翻看著台灣帶來的旅遊手冊說著古酒廠的種種。四個人一路辨識著路標一面聊天。那先生有些靦腆，太太卻很健談，說這樣的大雪對他們而言是司空見慣了，對我們該是又新鮮又困擾吧。這時我們正走上天橋，從階梯蔓延到橋面的雪早已成堅硬透明的冰，只見他們穩健前行，我們腳踏雪鞋，緊緊圈住欄杆，仍然止不住腳滑，身子彷彿就要落下，上下一回，竟如攀爬一座冰山。

終於抵達酒廠時，疑見大門深鎖。攔住外頭的工人一問，卻說是整修期間暫時關閉。無怪乎這一路上人跡稀少吧。而費盡力氣走來的我們站在雪地上忽地便愣住了，在轉身互望時幾乎同時像大呼一口氣般地遊出一聲：真遺憾啊！之後便忍不住笑起來。

那麼就分手吧。我們將往北海道大學，他們正要去時計台。在雪地裡目送他們不時回首的身影，想著方才那短暫的邂逅，竟是遠從南國來的我們領著家在雪國的他們前往一個僅有文字說明的勝景，實在奇妙極了。這一想，便覺那啤酒廠的關閉雖有些掃興，但卻分明有著神來之筆，像是特別配合我們的巧遇而來的，一個完美的結束。

沒有喝到啤酒，我們自己釀一杯人間風景吧。

*

「讀到川端死的那一剎那，外頭正下著大雪，我抱著膝蜷在窗口看紛飛的雪，覺得自己也就快要跟著一塊兒死去了。」

朋友回憶著求學生涯中最孤寂的時刻，如是說。

而我卻從她語意的營造裡，見到了一種淒美意象。就像是寶玉說「白茫茫落了片，大地真乾淨」吧，將賈府情仇一筆勾銷；冰潔的雪似乎正宣示著一種淨身般的滅絕。一切都在雪的覆蓋下死去，但一切也都將在雪的掩護中重生。

朋友在大雪的孤冷後，終於換川端的死為自我的提煉，順利的學成返鄉；而據說在這季的大雪過後，此處立刻便是扶桑國度中最美與最好的牧場了。冰封與冰釋在同處育成了兩種世界，但相同的迷人。

離開札幌的時候是晴天，可是我在瀲灩流陽之下仍置身於逼人迴目的雪光中。晴天的襯底裡，沒有如蝶之繽紛的花傘搖曳，卻彷若襯出了大雪之下隱隱躍動的生機，不知是因陽光的本身就帶有這樣的訊息，抑或是看似冷寂的雪其實本有著溫柔的魔力。

感染著這樣乾淨溫柔的魔力回到潮溼悶熱的南國後，幾乎就要罹患水土不服的病症了。

特別是在這個人心日益暴躁的城市裡，一擦身，盡是溼黏的汗液混雜著瑣碎的啐罵聲；不然，便是大雨滂沱也沖不散的酷熱，擠身在百味雜陳的公車上，面對著許多張翻起白眼的臉。

如果有雪，會不會好一些呢？

是不是因為一切都太混亂了，人們許久找不到清掃自己的空間，所以已視塵埃的堆積為理所當然。

假使有雪的冰封，萬事被迫停頓，所有的安靜是不是心靈最好的清潔劑？

所以會常常念起：那雪夜裡賣烤番薯的嗚嗚汽笛，以及足沒雪地的大街上，互道珍重的不期而遇；正處於臨界點的身心彷彿便掃過一陣清涼。但說什麼也無法奢望它能搬回名為故鄉的南國裡來重演；是對此地的氣候太了解，同時也對此地的人心太清楚了。因為太清楚，有時只剩下無奈的沉默。

而大雪啊，大雪裡的種種；之於我，正如落塵沉澱於攀石上，在曾經滄海的心田，逐漸生起朵朵的白蓮花。

——選自《無人的遊樂園》（三民，2008）

賞析

雪，對於亞熱帶的台灣人來說，是少見而稀罕的物事，總是在冬季強烈寒流來時，看著電視氣象報告預測著玉山下雪的時間，更別說大雪了，那種畫面有著濃濃的異國情調。

作者從三段大雪的經驗來敘寫對大雪的記憶以及對大雪的特殊情感，相較於視大雪如平常日子的當地人來說，我們對雪的認識因為陌生反而多了更深刻、更細膩的觀察，譬如：「雪像頑皮的小孩，人一現身就不由分說的黏膩上來」、「雪在此地不是奢侈品，不用捧在手掌心玩，更無須照相存念」、「一切都在雪的覆蓋下死去，但一切也都將在雪的掩護中重生」，這種不同視角的觀察，使得對大雪的想像與理解也有不同之處，所以在大雪中賣烤番薯的小販、在大雪中偶遇的異鄉遊客，以及面對大雪感到無邊孤寂的留學生，都成了作者人生經驗中很特別的記憶。

「假使有雪的冰封，萬事被迫停頓，所有的安靜是不是心靈最好的清潔劑？」對於在台灣過於熱鬧又潮溼又嘈雜中生活的人們，這句話可說是又乾淨又清涼吧。

想一想

1 你有置身茫茫大雪中的經驗嗎？如果沒有，想像一下在電影或電視中看過的場景，會不會如作者一樣產生安靜又乾淨的心情？

2 作者和那對同樣是遊客，但來自雪國的夫婦一起去找古酒廠，可惜酒廠關閉時，作者為何說：「我們自己釀一杯人間風景吧」？

迷園

林文月

那個園，在我記憶的深處。

那個庭園，我依稀記得；有些部分彷彿還是相當清晰的，雖然已經是十分遙遠的事情了。

童年時住在上海的虹口。我們的家面臨著江灣路，在虹口公園游泳池的對面。至於我家後面，另有七幢二層樓的小洋房，是父親出租與人的，所以從我家後門出來，即可以溜到弄堂裡玩。那個弄堂，為七幢住戶所共有，也是我們家姊妹兄弟時常玩耍的地方。

弄堂的前方有兩大扇鏤鑄的黑色鐵門。鐵門外即是江灣路，車輛來往雖然不一定很多，我們卻是被禁止隨便跨出鐵門上街的。我們的活動範圍，除了自己家的庭院，就限制在那條弄堂裡頭。童心有時不可思議。雖然自家庭園有草地，一架單槓，一個砂坑，和一雙鞦韆，可供戲耍；但還是嚮往著籬笆外頭的世界。

既然父母嚴禁我們任意走出弄堂的鐵門外，那就只好退向弄堂的尾部。我們發現弄堂尾部漸漸荒蕪的盡頭，竟然有一個園子，是一個神祕的園子。

那時候，不作興用水泥築牆。像我們住的二層樓洋房，是十分新式的，但周界卻是採用細竹編製的籬笆。那種竹籬笆，無論從裡望外，或自外看裡頭，總是隱隱約約，可以見得車輛或人影，卻不頂十分清楚的。那個神祕的園子，也是有竹籬笆圍起來，只是靠近弄堂部分，或者因年久失修的緣故吧，有些破舊損壞。我們這些孩子當中，也不知是什麼人興起的頑皮念頭，一次拆毀一小部分；日子久了，那損壞破舊的情形就愈形明顯；終於拆毀成一個小洞，每一個小小的軀體都可以鑽進去。

這件事情，家裡的長輩們都不知曉。我們小孩子，心中既歉疚而又興奮，每個人都為擁有一個共同的祕密而充滿了複雜的感情。事實上，初時我們並不敢貿然鑽進那個園子裡，頂多只是輪流趴在洞口覷看那個園子而已。

「我看到大樹了，還有柳樹吔！」

「有池塘，有好大的池塘。」

「那邊好像有一個白房子。我看見石階了。」

每個人都要炫耀一下別人沒有發現的部分似的，你一句我一句，越發的興奮起來。

自從洞口變大了以後，我們更按捺不住好奇興奮，幾乎天天下課後都要到弄堂尾的洞口觀察一下才心安，而且每一次的行動都是隱祕的、悄悄的，千萬不能給家裡的長輩察覺，也不能讓弄堂裡的大人知曉。

那個庭園似乎很大，籬笆洞口這一部分，大概是庭園的末梢地帶，所以亂草叢生，沒有經過整修的樣子。於今回想起來，第一次忐忑不安地窺伺洞內景象時雨彷彿什麼也沒有看清楚。自叢生的亂草隙縫望進去，確實是有一些樹木、池塘、屋宇和台階等等，但一切都是朦朧的、迷糊的，甚至是虛幻的，像一幅亂針繡的圖像似的。許是因為那樣子，更激發了我們的神祕感與好奇心也說不定。

逐漸的，只是從籬笆外的洞口向內窺伺，已經不能滿足我們這些小孩子的好奇了。不知是誰帶頭的，大概是哪一個膽子較大的男孩子吧，我們試著從那個洞鑽進籬笆的那一頭。

籬笆的那一頭，便即是那個大房子的後園末端。其實，剛剛接觸到的景象，與趴在地上看見的並沒有什麼分別；只因為腳踏在別人家的地上，遂有十分異樣的感覺。更興奮、更慌張，而且忐忑不安。我們都不是「壞孩子」，但是，每個人的心裡頭都有一種犯罪的感覺；那種感覺明白地寫在每個人的臉上。我們幾個孩子屏住氣，靜靜悄悄，互相察看別人的臉。我自己彷彿覺得變成小偷似的非常不安。那時候，如果有人促狹地喊叫一聲，猜想我準會嚇昏過去。不過，我又猜想，別人大概也同我一樣的心境，所以我們只是靜靜地在原地猶豫。

終於，不知什麼時候，不知什麼人帶動的；也許是幾個人結合成為一個整體，漸漸向前移動，我們好像被一種不可抗拒的力量推動著，在向前慢慢行進。腳上踩著的是長短不齊的野草，時則露出泥地，時則有一片小花。白色的、淡紫的，或是黃色淺淺的，就像是江灣路鐵軌兩側草坡上隨處可見的尋常野花。泥地和草皮彷彿是微微霑著溼氣，許是頭頂上樹木蓊鬱，而且枝葉繁密的關係。我好像如今都能記得偶爾抬頭時看到的一小圈一小圈的陽光，有些令人暈眩的奇異感覺。那應該是初夏的季節吧，或者是暮春也說不定。

果然是有一潭池水。小小的，並沒有想像中的大。池水的中央泛著蘋蓱，周遭有些似乎經過布置的石堆，或是垂柳什麼的。有沒有禽類在水面上浮游呢？也許有，也許沒有，不甚記得了；但記得當時十分興奮的心境。那種興奮如何解說呢？就像是一幅圖畫忽然變成了實景，而自己竟然就在其間；又像是一場好夢陡醒，卻發現現實與夢境正好吻合著。虛虛實實、實實虛虛。

第一次溜進那個庭園的記憶，大抵如此。好像是看到很多東西，其實大概並沒有看到多少。草、樹、陽光、池水，或者還包含其他瑣瑣碎碎，如今已記不清楚的一些東西吧。

不過，有了第一次的經驗以後，我們幾乎迫切地期盼著下一次，以及更多下一次的機會。那座充滿我們共同祕密的庭園，遂變成了大家於玩膩各種遊戲之餘的一個好去處。而每去一回，總多少有一些新的發現。譬如說，同樣是庭園末端的部分，稍微再深入一些，有一片比較整齊的草坡。蒲公英滿開的時候，我們女孩子便坐在草地上編織黃色的花圈，做成手環，或者花冠，頭頂上晒著暖暖的陽光。又譬如說，男孩子們告訴我們，高大的樹上，有鳥巢，裡面藏伏著一些小鳥的蛋。可是，我自己小總爬不上那麼高，所以並沒有親眼看見。有一次倒是看到一個不小的蜂窩在枝椏間，嚇得連忙滑下來，鞋子脫落了，手腕也擦傷了；擦傷的手腕，只好跟母親撒了一個謊，才換得母親溫柔的疼愛，洗淨傷處後，擦了一片紅藥水。

我們其實是膽小的，只敢在那一片似乎無人管理的半荒蕪地帶稍微活動，也不敢大聲喧譁，惟恐引起屋主注意，那可能就不得了啦。會有什麼不得了的後果呢？其實也不甚明瞭，大家只心裡戒懼著，許是那種充滿危機感的意識，反而促使我們好奇也說不定。

至於屋主是什麼樣子的人呢？有男女主人或像我們這樣子年齡的孩子沒有？我們也始終不能一探究竟。

從池塘往對面望，似乎有一段石板小徑通達石階。石階上是一片陽台，陽台似乎並不十分寬敞，但一排白色的落地窗卻總垂著白色的布簾。為什麼那一排落地窗反而令我們看不到屋裡頭和屋裡的人呢？我們都不明白。也許是我，也許是別的孩子，我的妹妹，或者我們鄰居朋友之中的某一個人忽然想到的。那白色大房子可能是鬼屋！

一旦有了那樣子的念頭以後，立刻感到毛骨悚然。大家急急退出園子。落在後面較小的孩子，嚇得要哭出聲音來，我們較大的趕緊摀住那小嘴巴，惟恐連累到大家。風也涼了，花朵也不再鮮明了。我們手腳發軟地，一個接著一個，快快鑽出園子。出得弄堂，面面相覷，每個人的面龐上、衣褲裙襬上，都沾著泥巴，但一點都不好笑。大家鐵青著臉，哆哆嗦嗦各自回家去。

遂有一段時間，沒有人再提起遊園的事情。我感覺有一些些惶怖，也有一些些遺憾，甚至於相當悲傷。

日子一天天過去，即使偶爾走到弄堂底，那裡明明有一個我們辛苦挖出的通道；但是怎麼會一日之間竟變成充滿恐怖的庭園呢？稍稍靠近籬笆望進去，園內依舊是林木和草叢，有花朵，也有陽光，有時甚至還隔牆聽得鳥聲啁啾呢。多麼可惜啊，我們的園子。

是的，那個神祕的園子的末端一些角落，不知不覺間，似乎已經屬於我們那一群經常出沒的孩子所擁有；然後，忽然又失落了。

日子在失落之中一天天過去。年少的我們，其實還是有許多可以分心的事物。不過，由於那座令人迷惘、神祕、又恐懼的園子，就在我們住處的後頭，所以總是無法把它完全忘懷。過了一段時間之後；如今已記不清是多久了；也許是兩個月，或三個月，或者竟有半年之久，有人又忍不住好奇地開始窺伺庭園的內裡。於是，傳說又開始散播起來。

「我看到一個工人。園丁模樣的老頭兒。」

「嗯，還有一個婦人呢。不是鬼，是人哪！」

年少好奇的心，又禁不住地蠢蠢欲動。

彷彿是一個秋日午後吧，我們居然又壯起膽子溜入園中。枯乾的黃葉在腳下沙沙作響，幾個小孩子擠在一起，躡手躡腳地走在已經有些陌生的庭園。頭頂上的葉子已凋零，枝椏縱橫，秋陽透過枝椏在我們的面孔上和肩膀上畫著縱橫的光影，有一些可笑的樣子，也有一些可怖的樣子。有一人忽然蹲下來，大家也都機警地蹲下來。屏住氣，睜大了眼睛四望。從林立的樹幹間望過去，見到一個微胖的老頭兒在掃著陽台上的落葉。他顯然是沒有聽到我們沙沙的腳步聲；或許是掃帚畫在石板上的聲音太響，所以沒有注意到我們的吧。

他的形象，他的動作，在明朗的秋陽之下清清楚楚地映現在我們的眼前。不是鬼，確確實實是一個人。我看得出玩伴們的眼神中都透露著這樣的訊息。大家都心安了。但既然證實那個屋子不是鬼屋，園子也不是鬼園，我們卻反而感到有些微的失望似的。

其後，大概也還是偶然溜進去過的，但活動的範圍，始終沒有逾越池塘。也偶爾再看見過遠處那個掃地的老頭兒。他有時戴著一頂深色的帽子，低頭用心而遲緩地掃落葉。我甚至還有一次看見落地窗的白布簾微開著，有半截婦女的裙襬，和白挺的西服褲管子。但是，距離太遠，窗簾還是擋著上方，所以莫說臉部無由得見，連他們兩個人的身影也沒法子看見。

那個穿著筆挺潔白西褲的男人是屋主嗎？還是來訪女主人的神祕男客呢？為什麼在那樣的季節裡穿著白西褲呢？他可能是一個海軍的軍官吧？女主人的面龐和上半身都看不見，實在是很遺憾。她是不是很美麗？是不是一個人孤單地守著那座大白屋？

那時候的我，正值從童年跨入少女時期的年紀，並不懂得什麼；只因為喜歡閱讀，有一些些想像力，和一大堆好奇心；便以為自己猜著了什麼似的。

天氣逐漸轉涼。我們放學後的大部分時間，都局限在自己家裡。上海的冬天雖不是酷寒，卻也有霜凍，有時甚至也有雪飛。

而時間在寒氣中緩慢地流逝。

春天再臨，路旁的野草不知不覺間已長出來，蒲公英也黃黃地開了遍地。有人發現，弄堂底的竹籬笆已經翻修過了。我們祕密的通道，當然也不再有了。

就在那一年的乍暖還寒時節，我們舉家搬回台灣。

江灣路的家，家後的那條弄堂，和那個曾經屬於我們的庭園一隅，都遺留在已然褪色的童年記憶裡。然而，我依稀記得，有些部分甚至還相當清晰地記得，雖然都是一些微不足道的瑣碎片段而已。

在遙遠的記憶深處，有一座迷園，我沒有忘懷。

——原載《中華日報》副刊（1993.4.22）

每個人的童年都有一座祕密花園，開心時到那兒去，憂傷時也到那兒去，童年的歡樂與哀愁都和那座祕密花園有關。

作者童年時的住家，有自己的草地和庭園，但因為被禁止出大門，所以童心裡反而嚮往圍籬外的世界，當孩子們不小心發現巷弄盡頭的庭園，那兒就成了無法到達的外頭世界的象徵。於是想盡辦法要溜進去，成功溜進去第一次，就有第二次、第三次……然後就成了玩伴們共同的祕密花園，每一次溜進去，都有新的發現，譬如高大的樹上，有鳥巢，鳥巢裡伏藏著小鳥的蛋……

當庭園的外觀已經熟悉了，好奇的童心便又開始想像，這偌大的庭園住的是什麼樣的人？石板小徑後頭的白色大房子裡頭又有什麼？充滿想像力的年紀，如果尋找不出答案，也可能就往鬼屋去理解，於是惶怖、驚恐、遺憾、悲傷，不敢再進入那座其實依舊屬於他們的園林。

作者把孩童的心理細膩刻畫，庭園的景緻以及孩童如何一步一步靠近那座庭園都描寫得栩栩如生，那座遺留在褪色的童年裡的庭園，也成了作者永遠不會忘懷的遙遠記憶。

想一想

1 作者第一次溜進庭園時，他看到了什麼？第二次呢？又是什麼時候看見那個掃地的胖老頭？

2 那座庭園是作者記憶深處永遠的回憶，那竹籬下的的洞口是他的祕密通道，想想看，你有沒有屬於自己的祕密通道？在哪裡？

迷園◎林文月

暑假

廖玉蕙

暑假終於結束了，謝天謝地。

從七月五日到九月一日，前後五十九天，我鎮日和孩子在有限的空間裡大眼瞪小眼，覺得可怕萬分。這個經驗讓我充分領悟到為什麼做母親的嗓門總是和孩子的成長成正比。

兒童心理學的書籍告訴我們，必須拿孩子當朋友，必須建立良好的親子關係。我心裡想著專家的指示，眼睛看著兩個被困四樓三十坪房間的活蹦亂跳的小頑童，不禁有點兒著慌。

漫長的暑假，剛開始，彼此還能和平的相容共存。我用經過專書指點過的聲音說話，臉上掛著經過調整過後的笑容。每天晚上早早上床，以培養充沛的精力，隨時準備和孩子做全天候的殊死戰。孩子的學校發了一張大概是經過專家設計的「暑假操行評量表」，上面列了許多項目，諸如「早上起床是否自己摺疊棉被？」「每天看電視是否超過兩小時？」「有沒有打電話或寫信向親戚朋友請安？」「走路有沒有注意停聽看？」……由父母和孩子逐日填寫計分。剛開始，孩子還顧忌著這張評量表，只要我稍一暗示，馬上收斂劣跡，恢復中規中矩。日子久了，這張評量表慢慢失去了約束力，我發覺自己臉上的笑容愈來愈少，嗓門愈來愈大，聲音愈來愈嚴厲，終至有一天我那上一年級的飽讀詩書的兒子老氣橫秋的抗議：

「你為什麼要對我這樣凶！這樣會造成我的『人格的陰影』吔！」

我瞠目結舌，不記得自己懸在半空中的那隻手是以怎樣不自然的姿勢收放了下來。

＊

早上，他們通常比平時上課還早些起床，三兩下就寫完暑假作業，再看會兒書，彈一下琴，看看鐘才九點半左右，外面的炎陽高照，老大開始坐在客廳的沙發上嘟著嘴唉聲嘆氣的埋怨：

「這叫什麼暑假嘛！成天躲在屋子裡，一點也不好玩，還不如去上課。」

我在一旁齜牙咧嘴的陪著笑，同情的說：

「是嘛！暑假真不好玩，太熱了，我也覺得一點都不好玩。」

兩個孩子顯然對這種抄襲自書本上的對白不感到興趣，他們太清楚大人這些伎倆了，所以，也不像專家所預言的感到被認同的快樂。老二是無條件唯哥哥馬首是瞻，學樣的巴結著哥哥：

「是嘛！有什麼意思，還不如去上學！」

面對兩張顯示極度厭倦的臉孔，我感覺到前所未有的任重道遠。為了打破僵局，我試探的建議：

「為什麼不玩點兒遊戲？」

兒子萬念俱灰的反問：

「有什麼好玩？跟誰玩？」

「跟妹妹玩啊！」

我瞥見一旁玻璃罐裡滿滿的彈珠：

「玩彈珠啊！」

「好啊！好啊！好棒！玩彈珠！我最喜歡！」

女兒忙不迭的附和。

「跟她？玩彈珠？」

簡直是嗤之以鼻的聲音，兩個問號接連，一個比一個更不屑。受到這樣的刺激，我突然不假思索的脫口而出：

「那跟我玩，玩彈珠！」

兒子仍然懶洋洋的用雙手支著下巴，說：

「你？會嗎？玩彈珠吔！」

對女性如此的輕侮，真是「是可忍，孰不可忍」。於是，我搬出幼年時期所向披靡的豐功偉績。孩子猶自半信半疑，為了徵信起見，我下了結論：

「不信試試看，就知道媽媽有沒有吹牛！」

於是，母子二人在地毯上展開一場激烈的廝殺。沙發下、飯桌下、茶几下，鑽過來，爬過去，為了怕「漏氣」，我使出渾身解數。半小時後，所有彈珠全到了我的手上，女兒看得目瞪口呆，頻頻拍手稱好。兒子坐在地上，斜著眼瞪著我管轄內的玻璃珠，撇著嘴說：

「這也沒有什麼稀奇啦。你是大人嘛！等我長大了，比你更厲害咧！」

然後，嘟著嘴，心灰意冷的說：

「跟你們大人玩，真沒意思！」

我望著手上的玻璃珠，頗不能原諒自己一時興起所表現出的趕盡殺絕的作風。

為了彌補歉疚，於是，我又提議：

「打紙牌吧！你不是很喜歡嗎？」

他大概對全輸的遊戲不感興趣。戒慎的看了看茶葉筒裡滿滿一筒圓紙牌：

「你也會玩紙牌嗎？」

「哦！紙牌呀……比較差一點啦！」

這回我隱瞞了早年「紙牌大王」的名號，謙虛的回答。女兒一旁興致勃勃的慫恿著：

「好嘛！好嘛！就玩紙牌好了啦！我給你們加油。」

半個鐘頭過後，紙牌全到了他手上，他洋洋得意的自誇著：

「就說嘛！女生怎麼會玩紙牌！你根本就不會嘛！」

他踞坐一旁，自傲的又下了個結論：

「跟你們女生玩，最沒意思了！根本就不會玩！」

我瞪著他的牌，又開始懊惱剛才沒全力應戰，以致坐令敵人驕誇。

初嘗勝利的滋味，他意猶未盡的向我的五子棋挑戰。我心頭一驚，我的五子棋段數是下到連自己已經贏了都不知道的程度，自忖不是他的對手。於是，扳起臉孔，義正辭嚴的說：

「今天就陪你們玩到這兒為止。要玩五子棋，等爸爸回來再說，我太累了。」

兩個小孩齊聲的嘆了口氣。三個人迎著滿室的靜寂，意興闌珊的各據一角，眼睜睜的看著時間一點一點的在眼前消失。我習慣性的抬頭看鐘，乖乖！折騰了半天，全身骨頭只差沒拆散，也不過十點半鐘，想到往後還有幾近一個半月類似的日子，不禁仰天長嘆起來。兒子垮著一張臉，睨著我說：

「媽媽最差勁了！都不陪我們玩，一點也不重視『親子活動』……」

孩子活動力強，待在公寓房子裡就像被困在欄柵內的野獸般，成天直想往外衝。可是，太陽這樣毒，下樓去玩，鐵定中暑，屋裡的吸引力太弱，小孩的糾纏工夫使母親的權威面臨嚴重的考驗。為了顧全自己的面子，並實際解決問題，我提供了一個兩全的辦法。

「太陽太大了，在下面玩會生病。這樣好了，請你的小朋友到家裡來玩。不可以去別人家玩，別人家的媽媽都很忙，不可以去吵別人。」

孩子歡天喜地的出去了。半個小時後，沒有任何消息。我不放心，擱下手邊的工作，下樓去察看一番。

陽光好強，晒得人幾乎睜不開眼睛，除了少數俯首疾走的行人外，巷弄間一片寂靜，巷子外，是一個鐵絲網圍成的廢草園。雜草叢生，中間還閒置了一些砂包，大概是圍起來準備蓋房子，鐵絲網四周大約是八米左右的柏油道路。我站在巷子口，瞇著眼向四處打量，看到廢草園過去的道路上，隱約有一個小人正騎著捷安特腳踏車，邊騎邊張望。在雜草叢中，時隱時現，像電視上的慢動作影片，黃色的小身影在廣袤而蔚藍的天空襯托下，是那麼寂寞而孤獨。我的眼睛突然熱了起來，這個小人，為什麼寧願在這兒忍受大太陽的肆虐而不願上樓？

孩子看到我，加快了速度騎過來。我心疼的問：

「這麼大太陽，怎麼在這兒騎車？」

「我等朋友下來玩啊！」

「你的朋友什麼時候下來？」

「我也不知道。」

「約好了嗎？」

「沒有。」

「媽媽不是說，可以請小朋友到家裡來玩嗎？」

兒子垂著長睫，委屈的說：

「可是，我朋友的媽媽也跟你一樣，不許他來吵你啊！……你們大人好奇怪哦……。」

——選自《新世紀散文家：廖玉蕙精選集》（九歌，2002）

賞析

這是一個還沒有很多專家設計許多夏令營等活動，來為孩子安排漫長暑假的年代，不過即使是現在的社會選擇性比較多，可能仍有許多家長得想盡辦法讓孩子遠離電視和網路，於是像作者所寫的「暑假」型態還是很可能發生的。

原本，擁有學生身分的孩子，每天按照課表操課，可是到了放假，寫完預定的功課，接下來的時間就得自己安排，做家長的努力表現出愛的教育，知道要照顧小孩的性格，也很認真幫孩子設想如何打發時間，最後還不得不親自參與活動，一下子打彈珠，一下子玩紙牌，搞得大人筋疲力盡，而時間才輕移一、兩個鐘頭，使盡力氣也使得母親的權威面臨考驗，最後作者只好同意讓孩子去邀請玩伴到家中來，可惜別的小孩的母親同樣不許孩子到別家玩，一句「你們大人好奇怪喔」，道盡了其中的諸多難處。

作者以輕鬆、詼諧的語調鋪陳親子關係，看似命運悲慘、節節敗退的母親，被嘲笑的「大人」、「女生」，在作者自我調侃，活靈活現的敘述中，讓人忍不住會心一笑。暑假終於結束了，不過，還有寒假，還有，下一個暑假。

想一想

1 作者陪孩子玩遊戲的過程高潮迭起，變化多端，想想看，作者如何描述他在每一種遊戲時採用的不同策略。

2 你自己的暑假是家長、老師安排好的，還是你可以自己決定？想想看如何遠離網路和電視，過一個有豐富內容的暑假吧。

暑假◎廖玉蕙

要嘛他一言不發

王盛弘

一開始我便被大大地挫了銳氣：朋友看中一隻側背袋，老闆娘漫不經意地說，四十八元（人民幣）。那種不經意，是你買也好不買就算了。行前，當地朋友交代，襄陽市場裡一聽見台灣口音，價錢立馬翻倍，我腦中一盤桓，三到四折應該合理，出口開價二十元。

誰知老闆娘一變臉色，一副老娘今天不作你生意的形貌，揚聲說，你是來搗蛋的是吧！二十元，你拿來賣我啊，你有多少我買你多少，你載一卡車來我買你一卡車，你載兩卡車來我買你兩卡車……刀刀劍劍，刮得我雙頰發赤，有些話也聽不清楚了。只知道末了，她緩了緩口氣，下個總結：你再開個價吧。論辯這場仗我不善打，搖了一搖頭，說聲改天吧，總算維持住了風度。

隔天，參觀魯迅紀念館時，發現他的地位驚人的隆崇，無有其他作家可以比擬。魯迅死於一九三六年，若他待到中共建國後才過世，情況應該會改觀；這點無須爭辯，毛澤東已經下過注腳：要嘛他一言不發，要嘛在坐牢。卞毓方寫過文章〈陽關道上的橫眉〉，引了這兩句話，結果審查沒過，見刊時代之以省略號。

在這樣一個看似沒有說話自由的國度，人人說起話來卻一點不含糊。

不只不含糊，根本很厲害。

就莫說襄陽市場裡的個體戶了，南京東路上的乞丐一方面態度卑下乞憐，一方面卻也心戰喊話：老闆行行好周濟我幾塊錢吧你所費不多我生活改善你善有善報。或是文藝營裡，我問起學員上課情況，一致是老師講了些什麼印象不太深，大陸學員發問的氣勢印象倒不太淺。一個台灣學員說，他們排山倒海，完全是有備而來。

行前大家還以戒嚴時期的口號戲言，要反攻大陸，救拯苦難同胞，把青天白日滿地紅的國旗遍插在神州。這下子，連個灘頭堡都攻不下來了。

襄陽市場裡是一個例，南京東路上也是一個例，文藝營中是另一個例，都是炮口對著「呆胞」；終於，一個夜裡在淮海中路，目睹了他們「自殘」：大馬路旁圍著一群人，裡一圈外一圈，我也好奇，踮起腳尖伸著脖頸張望，一個是警察，一個是百姓。聽了好一會兒，不能確知他們爭論些什麼。只知道警察取締交通違規，百姓自知理虧，但是警察說一句，百姓說兩句，警察說話心平氣和，百姓說話高八度。後來百姓說，我知道我錯了，但你就照我的意思辦吧。警察不肯，百姓氣極了：「你這樣做，我們國家的體制可怎麼辦？」還有這款的！

我有事離開一會兒，再回來時，仍然圍著一圈子人，一看，警察已經不在，那個百姓正在向其他的老百姓演講，大談警察應該如何如何云云，有人點頭，有人抗辯。

就在那幾天，我在報上看到一個數據，四十二。

大陸警察壽命遠低於平均值，只有四十二歲。

準備回台在機場大廳裡，一群人聚在一起展示襄陽市場的斬獲，老師級的幾個人最意氣風發，開價六百多元而以一百出頭成交，大家驚呼一陣。這些氣質歐巴桑歐吉桑，人生閱歷看盡，不以蠻力而以技巧勝出，要嘛他們一言不發，要嘛就是有了九成的把握。

——選自《十三座城市》（馬可孛羅，2010）

這是作者到中國大陸參加活動的所思所感，只是一篇短文，卻碰觸一個很深刻、很複雜的語言問題。明明書本裡堂而皇之地夾一張思想檢查的紙片的這樣一個地方，如同作者說的，「在這樣一個看似沒有說話自由的國度，人人說起話來卻一點不含糊。不只不含糊，根本很厲害」。

厲害表現在什麼地方呢，乞丐討錢心戰喊話，讓有本事不給的人心中不安；人民犯了過錯，嗓門比警察大，等到警察完事離開，那個人民正在向其他的老百姓演講，大談警察應該如何如何云云。還有台灣同行的學生輩明顯不如大陸的學員發問熱切，就連血拚砍價都訕訕然敗下陣來。

作者觀察入微，看似不擅長和人論辯，但卻目光犀利，一趟旅行下來，也看出來同行的前輩作家們，文弱書生的外表，卻絕不和自己的荷包過不去，「這些氣質歐巴桑歐吉桑，人生閱歷看盡，不以蠻力而以技巧勝出，要嘛他們一言不發，要嘛就是有了九成的把握」。語言的精妙處，在這兒更上一層樓。

想一想

1 作者說魯迅「要嘛他一言不發，要嘛在坐牢」，在形容這些殺價手段高明的氣質歐巴桑歐吉桑，「要嘛他們一言不發，要嘛就是有了九成的把握」，兩句「要嘛他們一言不發」是一樣的意思嗎？

2 襄陽市場殺價，南京東路上的乞丐，還有文藝營中大陸學生，都是炮口對著「呆胞」，那麼，淮海中路上警察和老百姓，又發生了什麼事，這次炮口是對誰呢？

梭羅河畔

蔡怡

"Bengawan Solo, Riwayatmu ini......"

正在替爸爸洗臉、梳頭的印尼看護阿尼，迎著朝陽輕輕哼著歌，這旋律似曾聽過，對了，不就是已翻譯成中文的印尼民歌〈梭羅河畔〉？

梭羅河畔，月色正朦朧，無論離你多遠，總令人顛倒魂夢......

阿尼的矮小身材，甜美歌聲及臉上的青春線條，搭配爸爸那滿頭銀髮與憨憨的笑容，刻畫出一幅令我心醉的「祖孫圖」。

自從媽媽住進天國，爸爸失智情況愈來愈嚴重，來自中爪哇的阿尼就成了家中重要的一員，照顧爸爸的起居。

為了刺激爸爸的語言能力，我找出多年前爸媽去教會常用的詩歌本，準備和爸爸一起唱。歌本裡都是爸爸作的記號，可惜他卻想不起這些符號的意義。我只有從爸爸打著三顆星的〈榮耀主〉著手練習。沒想到才唱幾遍，廚房裡忙著炊事的阿尼，竟然跟著哼了起來，而且音調奇準。我興奮的跑進廚房：「阿尼，妳有驚人的音樂細胞耶！以後我不在家時，妳可以陪爺爺唱囉！」

阿尼靦腆的回答：「那妳要教我歌詞，我得用印尼拼音拼出來。」

就這樣，虔誠信奉回教、從不吃豬肉、每晚拜阿拉的阿尼，用她美妙的歌聲和我們一起讚美主耶穌基督的恩典，她還安慰我說：「為了救爺爺的頭腦，我唱唱耶穌歌沒有關係，阿拉會原諒我的。」

從此以後，阿尼經常在我要出門時追出來問：「太太，你昨天和爺爺唱的詩歌還沒教我呢，待會我怎麼陪爺爺唱？這樣爺爺會很無聊喔！」

雇主不在家，看護不是正好可以少做點事，輕鬆一下？老實的阿尼卻追出來討工作！看著她滿臉的真誠與關愛，我感動得抱著她說：「謝謝妳那麼愛爺爺，阿尼，等我辦完事回家後馬上教妳。」

詩歌唱多了，我開始回憶學生時代在音樂課上學的歌，爸爸應該都聽過，總會有些印象；於是我搬出〈滿江紅〉、〈蘇武牧羊〉這些好久都沒有人再唱的古調。沒想到爸爸的腦細胞雖然逐漸死亡，但在阿尼每天飯後一小時的反覆帶動下，居然也能朗朗上口，真是驚喜。

但真正令我紅了眼眶的是看著皮膚黝黑的阿尼，耐心坐在爸爸身旁，拿著她的小筆記本，把詰屈聱牙的歌詞「渴飲血，飢吞氈，野幕夜孤眠」唱成「喝英雪，雞墩蛋，夜母夜古眠」，我總忍不住顫抖著手拿起照相機，捕捉、紀錄這份該恆久珍藏、不可忘懷的畫面。

爸爸退化到一個階段之後，嘴裡永遠哼著他自己的調子：ㄉㄦ ㄉㄦ ㄉㄚˋ ㄉㄦ ㄉㄦ ㄉㄚˋ，像是平劇中的二簧快板，除了吃飯、睡覺之外所有時間都停不下來，阿尼擔心他這樣會太累，試了各種方法阻止他都無效後，也就欣然接受。

每天下午，她把睡飽午覺、吃過點心、坐在輪椅上「嗡」個不停的爸爸，推出去兜風、晒太陽。回到家來，她總是抬高下巴，無限驕傲的說：「全公園的人都說我照顧的爺爺最乾淨、最漂亮、最會唱歌！」

他倆每次出門不到二十分鐘一定回家，因為：「爺爺不喜歡我和別人聊天，只要我注意他。」真心在乎爸爸的阿尼，毫不考慮的犧牲自己和同胞敘鄉情的機會。

縱使阿尼悉心照顧，兩年多後爸爸還是出現各種狀況，如每到開飯時他就開始找各種理由，如「我不餓」、「我沒錢」來逃避同桌吃飯，阿尼焦慮的找我商量對策，我思索了好久才恍然大悟，爸爸是忘記怎麼用碗筷吃飯了，為了遮掩挫折與被餵食的羞辱，他寧可不吃。於是我安排他個人獨享的吃飯時間及餐食，讓他就像兩、三歲的小娃兒，直接用雙手拿著菜肉包、餡餅、鱈魚堡等，大口大口咬，這樣他可以享受美食，又不必擔心形象。

和我一起躲在廚房裡觀察的阿尼，偷瞄爸爸吃得好香的模樣，糾結的心終於放鬆，脫口而出：「假如爺爺沒有你這女兒，怎麼辦呢？」我緊握住阿尼的手誠摯的說：「假如爸爸沒有阿尼，我才真不知道該怎麼辦呢！」

處處依賴阿尼幫忙的三年時光，在不知不覺中度過了，我接到勞工局一紙通知，阿尼該返國，而且永遠不能再回台灣！

這對我猶如青天霹靂，因為爸爸失智的漫長歲月裡，我的心像是一條驚濤駭浪中失去方向的小船，正橫渡暗無天日的茫茫大海，一路疲憊掙扎，我渴望亮光才甘願再走下去，而阿尼是那唯一的燈塔。

但阿尼在照顧爸爸之前，已經在台灣工作了幾年，按政府的規定她年限已到，我無力和制度抗衡，只有在溼淋淋的黃昏，眼睜睜的看著比至親還親的阿尼打包行李離去，留下愣在一旁的爸爸。我，只覺這個家，是更荒蕪了。

阿尼走後，雖然有位新人來代替，但她的態度大不同，爸爸不能接受，天天躲在床上昏睡逃避她。

第二個禮拜，時空錯亂的爸爸，以為阿尼只是去清真寺拜拜，一會兒就會回來，他堅持坐在客廳的輪椅上，不吃不喝，靜靜的等，等，等到夜幕低垂……

等到第三個禮拜的某一天，爸爸忽然用盡全身力氣，從輪椅上站了起來，嚇得我一個箭步上前攙扶，沒想到他力氣大得驚人，拖著我往廚房走。進了廚房，他張望了一會兒，又一瘸一拐的走到阿尼的房門口，望著空蕩蕩的床，呆立良久，似乎停格於某個時光隧道……

然後，他慢慢轉過身來，像迷路的小孩惶恐的懇求我：「小姐，你……你認識我的家人嗎？求你送我回家！求求你！」

我緊緊摟住爸爸，眼淚不停的流著，而阿尼如天使般的歌聲在我耳邊迴旋：

"Bengawan Solo, Riwayatmu ini……"

——原載《聯合報》副刊（2011.12.2）

因應台灣社會的產業變化，二十多年前台灣開始引進外勞的政策，而看護外勞和被照顧者朝夕相處，關係親密，固然也有外勞欺負被照顧的老人，但更多的是外勞比家人還親近的感人故事。

本文中的外勞阿尼，身材矮小，甜美歌聲及臉上的青春線條，和被照顧的老人看起來像是祖孫，而阿尼也確實把老人當爺爺一般盡心照顧。為了讓老人的失智狀況減緩，作者教老人唱歌以刺激語言能力，而喜歡唱歌的阿尼也努力學習，接下陪唱的這項任務。令人感動的是，阿尼篤信回教，卻說「為了救爺爺的頭腦，我唱唱耶穌歌沒有關係，阿拉會原諒我的。」阿尼把老人照顧得很好，經常在公園裡交換看護心得的外籍看護們都說，阿尼照顧的爺爺最乾淨、最漂亮、最會唱歌！

可惜阿尼因為在台工作期限到了，不得不離開老人，已經離不開阿尼的老人還在屋子裡尋找阿尼的蹤影，他忘了在身旁的人是自己女兒，只惦記著有阿尼照顧的地方才是真正的家。遠隔重洋的阿尼如果知道，忘了一切的爺爺只記得她，應該也會感動得唱起〈梭羅河畔〉給爺爺聽吧！

想一想

1 阿尼推爺爺出去兜風、晒太陽，為什麼他倆每次出門不到二十分鐘一定回到家呢？

2 作者是老人的女兒，阿尼是老人的看護工，作者又算是阿尼的老闆。但在情感上，老人仰賴阿尼可能更甚作者，這三人之間的關係要如何定位？想想看。

討海人

廖鴻基

討海人通常把出海打魚叫「下來」，把上岸回航稱作「上去」。每次海湧伯在船上對我說：「起來去啊——」我就知道可以收拾收拾準備回航了。

海洋是個沒有門的領域，她開敞著任討海人來來去去。

・阿溪

去年秋末，有一次我和海湧伯開船回港，船隻剛轉進船渠，我們看到阿溪在他船上。阿溪的船在碼頭綁了四個多月，船底長滿青苔和藤壺，船板乾燥成枯白的顏色。海湧伯隔著一艘船距離高喊著和阿溪打招呼：「阿溪仔，真久沒看到，那有閒下來。」

四個多月前，阿溪在飯店任職的朋友介紹他到一家新開張的觀光飯店洗衣房工作。當時，阿溪可能是討海厭倦了，他說：「四十多年了，沒想到還有機會上去工作。」他把船隻牢牢綁在碼頭，上岸去了。

在海上，阿溪很擅長用船上話機講些風花雪月的往事。自從他上岸工作後，海上話機單調沉靜多了。

「幹——」沒想到阿溪用忿忿不平的聲調回應海湧伯的招呼。我和海湧伯把船繫好後攀到阿溪船舷邊，想聽聽他到底什麼事不平。

「幹——不合啦，那有中午吃一下飯嘛要打卡；」阿溪一邊整理釣絲一邊說：「稍稍坐下來休喘一下，領班目睭就晶晶看，干吶欠他幾百萬咧；」他解開船纜繼續說：「喫一下檳榔嘛要管小管鼻，什麼驚檳榔汁啐到床巾，什麼觀光飯店喫檳榔嘸好看，我幹你娘咧，干吶咱這款人無配在大飯店做工。」

阿溪發動引擎，大股黑煙從排氣管憤憤噴出，像是把四個月累積的鬱卒暢快嘔吐出來，船隻擺脫港堤束縛輕快的滑行出去，隔一艘船距離，他回頭嚷著：「辭辭掉、辭辭掉，下來討海卡自由啦！」

那年年底，阿溪三流水討了十幾條旗魚，三趟出海賺了將近二十萬。海上話機傳來阿溪活轉過來的聲音：「有錢賺、有面孔又免人管，四個月干吶被網子綱死在岸埔頂，下來討海卡贏啦！」

‧明財

明財船上話機老是故障，和他通話時聲音斷斷續續雜音很多，也常常叫他叫了半天都不回應。有人嘲諷著說：「明財仔，話機拿到水裡瀆瀆洗洗咧看會卡清嘸。」也有人說：「魚仔掠嚇多，換一台話機嘛嘸過分。」明財笑著笑著說：「這趟上去就要修理。」

明財說要修理話機不曉得說了幾次，從沒一次認真修好過。他在海上不愛講話，才四十出頭，就一副老討海人深沉模樣。在海上，他的船很容易辨認，船頂沒有遮篷，船身漆成和別艘船不同的淡青色，他又老愛穿一件青色衣衫，像保護色一樣他隱身在他的船隻裡，我老是覺得他和他的船已經融成一體。

明財不愛和船群一起抓魚。常常我和海湧伯在破曉時刻趕到漁場，他孤零零一艘在漁場裡不知道已待了多久。等船隻漸漸多起來，他扭擺船身，船尾拖一條白色水波，一不留神，一下子就失去了蹤影。有時候，整天都看不到他的船影，叫也叫不應，好像在海上失蹤了。當某艘船碰到魚群，在話機裡通報其他船隻時，他比任何一艘船都快，彷彿從海面那個縫隙裡鑽出來。當我們趕到時，他已經泊在魚群裡拉魚。海湧伯最愛講他：「夭壽，明財仔，叫也叫不應，一聽到吃餌干吶在飛咧。」

有一次，我遠遠看到他停泊在海上等候潮水，要很注意才看得到，他盤卻坐在塔台欄杆上，動也不動，像一尊雕像。我發現海湧伯很注意他，可能是在他身上海湧伯看到了自己年輕時的影子，也可能是海湧伯將他當作是個討海對手。他常常抓到別艘船抓不到的魚，他的魚獲量也往往讓別艘船驚訝羨慕。

有一次在碼頭卸魚，我才發現他講話有點結巴，臉孔晒成很好看的紅棕色，眼神明亮帶點海水的青藍。第一次看到他，我就感覺到，他會是個永遠而且出色的討海人。

・阿山

阿山更年輕，不到三十。他什麼魚都抓，放網、放釣、潛水……他用大部分時間待在海上，好像他擁有可以揮霍的無窮青春和體力。

很少看他穿衣服，不管在海上或是岸上，整個夏天他就只穿一條黑色短褲。

他的頭髮像雄獅的髮鬣，好像泡了太多海水，老是蓬鬆鬆張舉著。

有一陣子，阿山發現魚販攤子擺著他捕抓的一條魚，魚的售價是他在魚市場拍賣所得的一倍多。阿山他說：「幹——自己來賣。」他去整理了一輛小貨車，學魚販在貨車上糊造一個纖維魚箱，他抓到的魚不再拿去魚市場拍賣，都和碎冰一起裝進這個大箱子裡。車子開到市場路邊，幾個保利龍盒子地上一擺，學著吆喝叫賣起來：「吆——自己抓的，無青免錢——」他打赤膊賣魚，晒成赤褐色的皮膚和海水泡太久的頭髮總讓我感覺，他不像個魚販。

生意聽說不錯，但只那麼一陣子後，再看到他時，他貨車上的大魚箱已經拆走。不知道為什麼，他收攤不再賣魚。

有一次在碼頭卸魚碰到他，他忙著把一簍簍齒鰹從船上搬上碼頭。那天，鹵鰹豐收，魚價摔跌到二十元一斤，漁船排隊在碼頭邊搖晃，猶豫著該如何處理滿艙的漁獲。海湧伯叫住阿山：「阿山仔，擺下去自己賣，又不是沒賣過魚。」

「啊——那要拜託人來買，拜託人的代誌咱不合啦。」阿山搔著後腦還是把一簍簍魚籃拖進拍賣場，「二十元就二十元嘛！」他回頭對海湧伯苦笑著。

我常看到他潛水幫別艘船割除攪纏在槳葉上的繩纜，港口的討海人都知道，他只要被拜託從來都是俐落爽快的答應，但是，他硬是不肯低聲下氣拜託岸上的人來買他親手捕抓的魚。聽說他曾經和買魚的人吵了一架，只因為買魚的人嫌他的魚不好。

・阿華

阿華死去兩年多了，因為肝癌死在岸上。

那天我去看他，他掀開上衣要我摸摸他鼓漲堅硬的肚皮，他說：「醫生叫我回來——等。」

他躺在床上，臉孔白皙皙體力很差，太陽累積晒在他臉上的顏色都已退去，像魚隻上鉤後拚命掙扎似的體力也已經離開他的身體。他現在改喝草藥，醫生已經放棄他了，只好吃偏方等奇蹟。他把一碗黑稠稠的藥汁推到我眼前，堅持要我喝一口：「幫我喝一口，真苦，真艱苦。」

和他談起海上捕魚的過去，他坐起來，聲音中漸漸有了氣力，好像忘記了他是個將要被生命遺棄的人。他愈講愈有精神彷彿把病床當做是一艘船；我愈講愈難過，到如今，海洋只能在他的腦海裡模擬，而他的船，他真正的船還綁在港邊孤零零等著。

離去前，他掙著起來送我到門口，夕陽的亮光讓他瞇著眼。靠在門框上他說：「真想再下去一趟——海上空氣真好。」

・添旺

添旺十八歲開始討海，一直到五年前一個颱風打沉了他的船，他才決心上岸離開。

五年來，他在岸上換了幾個工作，每樣工作他都像討海那樣拚命。添旺娶了太太，生了兩個小孩，房子買在海湧伯厝邊，生活總算穩定平靜下來。

海湧伯家裡時常有幾個討海人一起喝酒聊天，你講一段我接一段把討海的遭遇配著燒酒誇張的講出來——「夭壽，有夠大尾，撇咧撇咧就在船仔邊……」；「鐵鏢捧起來，對頭殼就鏨下去……」；「繩仔直直去啦，擋也擋不住……」，那講話的手勢動作和聲調都像在撩撥水面掀起波濤。

添旺老是接不上話，他的海上故事都在他的記憶裡長了霉斑。

有一個晚上，添旺沒有過來。添旺他太太抱著三個月大的嬰兒走進來：「添旺昨瞑和我講到兩點多，說要辭掉工作下來討海。」添旺他太太沒有說好或是不好，只顧低頭搖著懷抱裡的嬰孩。海湧伯和其他討海人還是喝著酒沒有人表示贊成或反對。我只聽到海湧伯用低得不能再低的語尾說：「早晚的代誌。」

我下來討海那年，海湧伯一臉嚴肅的說：「走不識路啊，走討海這途。」有整整半年時間，我無數次趴在船舷嘔吐把膽汁都嘔了出來；無數次起網拉繩我耗盡了所有氣力虛脫得癱軟顫抖；好幾次半夜醒來手掌蜷縮如握緊一顆雞蛋如何也伸不開來；好幾次我看著驚濤駭浪如滾滾洪流沖擊著船隻而驚惶害怕；多少次我猶豫著海湧伯說過的話——討海要有討海人的命。

這段期間，海湧伯始終擺出「大門開開不要勉強」的態度。回想這段折磨和試煉，我漸漸能夠體會到被討海這個世界認同、接受的艱苦和喜悅，彷彿獲得重生，海洋像黎明曙光般開始向我展露她的魅力，我清楚感受到藍色潮水正點點滴滴替換我體內腥紅的血液。

出港，變成是種歸來；進港上岸反而是種離開。討海人在「上去、下來」的語意中，是否已經透露出——海洋是討海人真正的家園。

——選自《討海人》（晨星，1996）

賞析

每天和我們擦肩而過的芸芸眾生，很多人都過著我們不了解的生活，本文所介紹的討海人，看似和我們不相干，但其實也是我們的鄉親。

討海人的日子大約是滿艱難的吧，他們把出海叫「下來」，上岸回航叫「上去」，捕魚工作沉重又單調，和家人長久分離，吃的用的條件都很差，作者剛上船前半年，「無數次趴在船舷嘔吐把膽汁都嘔了出來」，所以本文所敘寫的討海人，有一些共同的特色，像是沉默寡言、個性堅毅等，阿溪和添旺都曾經「上去」工作，阿溪是因為討海討了四十多年厭倦了，添旺是被颱風打沉船，才決心離開，可是阿溪才上去四個月就受不了拘束又回來打漁，而添旺在娶妻生子後，又想著辭掉工作下去討海。

前輩對作者說：「大門開開不要勉強」，意思就是沒人要你來，想走隨時可走，因為討海工作吃重又危險，若不是認同這樣的工作，如何能長久？不過，討海人都知道，海洋沒有門，她敞開著放任人來來去去。

1 上岸工作五年的添旺，又想下海捕漁，為什麼海湧伯說：「早晚的事？」

2 分析比較一下明財和阿山這兩位討海人有什麼相似和相異的地方？

國家圖書館出版品預行編目資料

從傾城到黃昏：培養青少年敘事力／林黛嫚主編
--初版 .--台北市：幼獅, 2012.06
面； 公分.--（多寶槅；193）（文藝抽屜）
ISBN 978-957-574-871-5（平裝）

855 101007801

·多寶槅193·文藝抽屜·

從傾城到黃昏：培養青少年敘事力

編　　者=林黛嫚
出 版 者=幼獅文化事業股份有限公司
發 行 人=李鍾桂
總 經 理=王華金
總 編 輯=劉淑華
主　　編=林泊瑜
編　　輯=周雅娣
美術編輯=李祥銘
總 公 司=10045 台北市重慶南路 1 段 66-1 號 3 樓
電　　話=(02)2311-2832
傳　　真=(02)2311-5368
郵政劃撥=00033368

門市
•松江展示中心：10422 台北市松江路 219 號
電話：(02)2502-5858 轉 734 傳真：(02)2503-6601
•苗栗育達店：36143 苗栗縣造橋鄉談文村學府路 168 號(育達科技大學內)
電話：(037)652-191 傳真：(037)652-251

印　刷=崇寶彩藝印刷股份有限公司
定　價=220 元
港　幣=73 元
初　版=2012.06　二刷=2014.06
書　號=986247

幼獅樂讀網
http://www.youth.com.tw
e-mail：customer@youth.com.tw

行政院新聞局核准登記證局版台業字第 0143 號
有著作權·侵害必究(若有缺頁或破損，請寄回更換)
欲利用本書內容者，請洽幼獅公司圖書組(02)2314-6001#236

幼獅文化公司／讀者服務卡／

感謝您購買幼獅公司出版的好書！
為提升服務品質與出版更優質的圖書，敬請撥冗填寫後（免貼郵票）擲寄本公司，或傳真（傳真電話02-23115368），我們將參考您的意見、分享您的觀點，出版更多的好書。並不定期提供您相關書訊、活動、特惠專案等。謝謝！

基本資料

姓名：……………………先生／小姐

婚姻狀況：□已婚 □未婚　職業：□學生 □公教 □上班族 □家管 □其他

出生：民國……………年……………月……………日

電話：（公）……………（宅）……………（手機）……………

e-mail：……………………

聯絡地址：……………………

1.您所購買的書名：**從傾城到黃昏：培養青少年敘事力**

2.您通常以何種方式購書?：□1.書店買書 □2.網路購書 □3.傳真訂購 □4.郵局劃撥
（可複選）□5.幼獅門市 □6.團體訂購 □7.其他

3.您是否曾買過幼獅其他出版品：□是，□1.圖書 □2.幼獅文藝 □3.幼獅少年
□否

4.您從何處得知本書訊息：□1.師長介紹 □2.朋友介紹 □3.幼獅少年雜誌
（可複選）□4.幼獅文藝雜誌 □5.報章雜誌書評介紹……………報
□6.DM傳單、海報 □7.書店 □8.廣播(　　　　)
□9.電子報、edm □10.其他……………

5.您喜歡本書的原因：□1.作者 □2.書名 □3.內容 □4.封面設計 □5.其他

6.您不喜歡本書的原因：□1.作者 □2.書名 □3.內容 □4.封面設計 □5.其他

7.您希望得知的出版訊息：□1.青少年讀物 □2.兒童讀物 □3.親子叢書
□4.教師充電系列 □5.其他

8.您覺得本書的價格：□1.偏高 □2.合理 □3.偏低

9.讀完本書後您覺得：□1.很有收穫 □2.有收穫 □3.收穫不多 □4.沒收穫

10.敬請推薦親友，共同加入我們的閱讀計畫，我們將適時寄送相關書訊，以豐富書香與心靈的空間：

(1)姓名……………e-mail……………電話……………
(2)姓名……………e-mail……………電話……………
(3)姓名……………e-mail……………電話……………

11.您對本書或本公司的建議：

廣　告　回　信
台北郵局登記證
台北廣字第942號

請直接投郵　免貼郵票

10045　台北市重慶南路一段66-1號3樓

幼獅文化事業股份有限公司

請沿虛線對折寄回

客服專線：02-23112832分機208　傳真：02-23115368

e-mail：customer@youth.com.tw

幼獅樂讀網http：//www.youth.com.tw